No. 26

文化組織

主張

生の流線形

生の現實にたいして、アリストテレスの二分法を應用すると、生は、一應、浪曼的現實と古典的現實とに分けることができよう。浪曼主義者にとつては、流動する生、——ベルグソンの所謂 élan vital が、生の名に値ひする唯一の生の現實とみえるであらうし、古典主義者にとつては、拘束する生、バビツトの所謂 frein vital が、何より心をひく唯一の生の現實であるであらう。周知のやうに、兩者の爭鬪は歷史的なものであつて、お互ひに相手の現實を幻想だとして攻擊する。公平な立場にたつてみるならば、むろん、兩者の生は、いづれも現實と呼んで差支へなく、——更にまた、お好みとあれば、いづれも幻想と見做しても結構だ。公平な立場とは何か。それは極度に不安な立場を意味する。

ここに、今日すでに常識的なものになつてゐる生の單純な分類を、あらためて我々が取り上げるのは、その單純さを指摘することによつて、浪曼主義者や古典主義者に反對するためではなく、流動する生と拘束する生との相剋それ自體が、我々の唯一の現實であるからであり、ただ單純な形式で、我々の不安を、——或ひは、均衡への意慾を、率直に物語りたいためにほかならない。

流動するもののなかに、固定したものが運動するとき、固體と流體との間に相對速度が生じ、そのために、固體には或る抵抗力がはたらく。この抵抗力に二分法を應用すると、それは、一應、摩擦抵抗と形狀抵抗とに分けることができよう。固體の前進は、主として後者によつて阻止される。すなはち、形狀抵抗は、固體の形狀によつておこり、その形狀にしたがつて前後の兩端に壓力の相違が現れ、それが固體の運動を大いに妨げるにいたる。固體の前端では、流線は規則正しく排列するが、後端ではそれが著しく混亂して無數の渦を生みだし、前端の壓力は高いにも拘らず、後端はこの渦のために多くのエネルギーを失ひ、壓力が降る結果、必然に固體は、前方から後方にむかつて押しやられる。

現在、我々の周圍にあつて、流動する生のはげしさに心をうたれないものがあるであらうか。背後に渦を感じてゐないものがあるであらうか。さうして、我々の拘束する生の後退に、不安を覺えないものがあるであらうか。本能、感情、欲望、衝動の奔流が、これにたいして逆行しようとする理知を、信念を、良心を、決意を、一擧に呑みつくさうとして殺到する。もしも拘束する生が消滅し、流動する生のみが氾濫することになれば、そこに展開するものは、文字通り無軌道な世界にちがひない。しかし、それは杞憂だ。何故といふのに、生が生であり得るのは、それが拘束され、固定され、組織されたものであるからであり、純粋に無軌道な生とは存在し得ないものであるからだ。いかに微小な有機體であつても、有機物溶液に比較すると、それは一定の力學的安定性を有する無限に複雑な組織をもつてをり、組織は各化學過程間の嚴密な整合を基礎としてゐる。生物は無生物から、その流動性によつてではなく、その拘束性によつて區別される。

とはいへ、流動する生の唯中で、我々の拘束する生が、じりじりと後退しつづけてゐる事實は否定すべくもない。してみると、我々の拘束する生は、よほど無恰好な形をしてゐるとみえる。流體のなかで、固體の後端が、その周圍をながれる流線の形狀に適合し、すこしも渦を生じないときには、前後兩端の壓力は等しく、したがつて、形狀抵抗はいささかもはたらかない。かういふばあひその固體を稱して、流線形といふ。もしも拘束する生が流線形を呈するならば、なほ摩擦抵抗はあるであらうが、すこぶるその前進は容易になるにちがひない。いふまでもなく、拘束する生は、社會的には、法律、習慣、傳統、因襲、道德、等々として固定される。

我々は古典主義者でもなく、浪曼主義者でもない。おそらく、我々は現實主義者なのであらう。しかし、漠然と自ら現實主義者をもつて任ずるものがあれば、直ちに例の二分法を應用してはばからない、さういふ現實主義者なのである。

（花田清輝）

詩論

小野十三郎

1

詩人の思考の貧しさについて云へることは、詩的思考等といふものの實體は、一部の抒情詩人たちが信じてゐる程確實なものではないと云ふことである。

それは形式的な思想や、觀念的な思惟方法に順應する諸性格に對しては、一應、對立してゐるやうに見えるが、私たちが想像してゐる程根源的なものでなく、前者は又容易に、後者の思考形式に移向する不安定さをそれ自身の中に持つてゐる。それは詩以外の世界にも存在する有りふれた事實であつて、從つて、かゝる對立を詩人の特權と見ることは謬りであるばかりか、かなり滑稽でさえある。

詩の純粹性を說くものが、殆んど唯一の據點としてゐる詩的思考なるものは、今日大して信じるに足らない。

2

散文を警戒し過ぎては純粹な詩は生れない。散文的な思想を懼れてゐては詩の思想は形成されない。逆說めくが、今は散文が詩人の靈感とならなければならないのだ。「詩以外のものを何等含まない詩を構築することは不可能である」とヴァレリーは云つてゐるが、彼の場合は、詩作の（――そしておそらく〈純粹詩〉の）內部作用に就て語つてゐるのであらう。しかしその言葉は又古い詩神に對する詩人の抗議とも取れる。

　現代詩を風靡してゐる懐古的な思潮に、私が牽引されないのは、そこはあまりに「詩」に充滿してゐて「散文」が少しも無いからだ。

　若し「散文」が失せたら世界はどんなに寥しいだらう。詩人はもはや詩を書く氣がしなくなるに違ひない。

3

　短歌の世界はたしかに獨自な世界である。しかし歌の世界に與へられた美の先驗性乃至は詠嘆の先驗性には時々反撥を感じるものがある。私は句作の眞似事みたいなことはしたことがあるが、短歌といふものはまだ一度も書いた記憶がない。私は昔から、ふしぎに短歌が嫌ひであり、それにも增して、歌人といふ人間の型が嫌ひであつた。ところが、詩人だとか、小說家だとか、畫家だとか云ふ人は、大抵皆若い頃は短歌の愛好者であつて、又一度は必ず自分でも歌のやうなものを作つてゐるやうである。私の如く、短歌に對して、いきなりはじめから生理的反撥を感じたやうな者は極めて稀であらう。啄木を少し讀んだこと位が異例と云へば異例だが、衆知の如く、その啄木の歌自體が、生活短歌とか何とか云はれた異例に屬するものであつて、當時に於ても、啄木等に感心してゐる者は、短歌の讀者としてはまづ素人と考へられてゐた節も無いではなかつた。又實際、近代短歌には、啄木の傳統らしいものは後を絕つてゐるやうだ。これはむしろ自由詩の傳統に合流してゐると見た方が正しい。やはり牧水、赤彥、利玄、茂吉等を知らずして、短歌について語る資格は無ささうである。しかしその私が、時々短歌だけは書きたくない、と云ふ賴まれもしない自分の意志表示を、誰かに向つてやりたくなるのだから不思議である。

　人はよく自分は短歌は好きだけれども、やはり慊らぬ等と云つてすましてゐるが、かういふ氣持はわかるやうでさつぱりわからない。かういふ育ちのいゝ享受の仕方にも私は又反感を覺える。

4

　短歌型式の古さと不自由さに就ての自己反省等といふものも大して當にならない。新しい短歌理論を讀むと、中にはその方向に於て、自由詩的なものへの發展解消を暗示してゐるものもあるが、その種の理論になるほど、却つて實際は短歌の音數律にへんに執着してゐる。そしてただ言語生命の彈力性に一種の幻想を描いて、それに短歌の未來をかけることで大抵の理論は一致してゐるやうだ。しかし言語生命の彈力性に信を置くといふ事は、限られた形式、發想法の內側で、現代的な新しい言葉が持つ語感の應急的な測定をやると云ふこととは違ふだらう。一つの詩語が成立するといふ意味は、生活感覺によつて、詩人が直接把握した言葉が、言葉自體の中に流れてゐる文化傳統によつて確認されることを意味するのであつて、かういふ點だけについて云つても、私は今日の歌人たちの新しい言葉（詩語）に對する直感をあまり信用することは出來ない。

5

短歌の日本的性格に就て說く人がゐる。むしろ短歌的な物の見方感じ方の世界的性格について說くことが必要でないのか。

私の好きな詩人は、短歌から最も遠く離れ得た詩人である。

6

科學精神と詩精神の交渉に關する問題は、今日一應常識的には解決されてゐる。科學が發達すれば詩は滅びると云ふやうな放言に對しては、いや滅びない益々榮えると云ふやうな反駁が成立するのは自然である。眞の意味に於ける科學の發達は、決して人間の空想力や構想力を減殺するものでなく、却つて益々それらの諸機能を豐富にすると云ふことは、もはや今日では動かすべからざる常識であらう。しかしかういふ常識は、それが一般文化面に與へる効果はともかく、當の詩人や科學者の立場から云へば、空想だとか、想像力の問題を持つてきて、兩者の創造的機能の相似性を說くやり方は、實踐的には左程意味のあることではない。ところが、糞まじめに、詩人や科學者に向つてさういふお說教を聞かしてゐる文章が案外に多いのである。詩人たちが苦しんでゐるのはそんな問題ではあるまい。

「神」や「惡魔」の存在を許容することは、科學の常識ではなるほど科學的ではないが、詩の世界では科學的であり得る理由がある。詩人の思想から神や惡魔は消滅しても、さういふ詩語や表現は永續するだらう。それを科學的でないと云へばおかしい事になる。況んや、詩人の感動の對象にある神や惡魔は、不斷に更新される一つの象徵である。或は一つの傳說であり、寓話である。それらは時に新しい宗教性、超自然性を恢復してゐる場合すらある。かゝる象徵や傳說や寓話の科學性を明瞭にしないかぎり、詩人の發想に出沒する神や惡魔を、一概に時代錯誤なりと否定し去ることは出來ない。近代科學の影響を受けた現代の詩の世界に於ては、もはや神や惡魔は存在せず、從つてさういふ表現も間違つてゐると云ふやうな、もしさういふ考へ方があるならば、むしろさういふ考へ方自體が非科學的だと云へるだらう。

詩に關する限り、詩と科學の交涉には、精神的にも、生活的にも、技術的にも、いろいろな方面から見て、まだまだ探究さるべき未知の大暗黑が存在することを知らなければならない。

7

「高等數學といふものは、一寸偉大な音樂に似てゐるところがある」とウイルソンは「アインシュタイン傳」の中で云つてゐる。さういふつもりで精讀すれば、難解をもつて鳴る相對性原理等も、案外面白く聽けるのかも知れない。

例へば、アインシュタインは、直線なるものは存在せず、いかなる物體も直線運動を爲し得ない、球の上の二點間の最短距離は、その二點を結ぶ直線ではなくて、赤道とか、子午線とかいふやうな大圓――即ち測地線《ジホデシツクライン》に沿ふものである、從つて光線も亦ジオデシックを取るものであるとする。そこから、若し光波が曲線運動をするならば、私たちが知つてゐる空間は無限のものであり得ないといふ假說が生れる。アインシュタインは、空間は有限であり、その周回には十億光年を要する程の大きさのものであると云ふ。私たちの空間以外の空間が存在するかも知れないが、假にさうだとしても、私たちの光（太陽に限らず凡ゆる星々の光）は、その源がその中に存在する宇宙を拔け出してゆくことは出來ないのであつて、光線は、宇宙の大圓を辿り、十億年の後には、その出發點に歸つてくると云ふのである。

宇宙が有限であり曲つてゐるといふ、かういふ假說は、今日だしかに、天國や地獄の存在よりも魅力があり、私たちの空想力を刺戟すること大である。それによつて、宇宙の概念は擴大され、感覺的にも世界はいよいよ廣くなつたやうな氣がする。

自然の法則を單純化し、透明化する科學の方法に、詩人たちが關心を示してゐるのは、主として、さういふ意味でであらう。仍ち、科學精神が詩精神に最も近接するのは、本來さういふ素朴な源初的な段階でである。少くとも、今まで、詩に於ける科學の作用といふものはさういふものであつた。しかし、素朴ではあるが、その作用は浸透性と持久性を持つてゐる。

それに較べると、實證科學の個々の方法が、詩の形式に及ぼした影響や、印象派の點描法にあらはれた光の分析等は偶然的なものに過ぎない。

8

　ポアンカレーがアカデミーに入會した時にやつたシュリイ・プリュウドムに關する講演は、科學者の詩人論としてよく例に引かれるが、彼自身も冒頭で云つてゐるやうに、ポアンカレーは、別にそこで科學精神と詩精神の交渉に就て、立ち入つた批判や所信を述べてゐるのではなく、主に人間としてのプリュウドムの想ひ出を語つてゐるだけである。たゞこの「人間」の中に、詩も科學も、一切のものの根源があるやうに考へてゐるらしく見えるのは、同時代の詩人や文學者の場合と同樣である。プリュウドムといふ詩人にしても、又同時代の他の詩人に較べて、いさゝか、より「哲學的な」詩人であつたかはしれないが、科學に對して特別深い關係にあつた詩人とも思へない。尤もポアンカレーは、プリュウドムが、一般に相反する二つの能力と考へられてゐる精密微細な感性と、强靱明微な思索力とを併せ持つてゐたことを認め、その詩の端正な形式や、空想よりも、現實に信據するところの多い彼の詩風は、當時の實證科學の精神に一致してゐたと云ふこと等を指摘してゐるが、そこから豫想されるやうな問題には殆んど觸れやうとはしてゐない。プリュウドムが科學者の精神に寄せた共感が、かれらの不屈の勇氣と忍耐といふ點であつたと同樣に、ポアンカレーが、詩と科學の基礎に置いた問題も、結局は「人間」といふ問題であつた。

　今日に於ても、詩精神と科學精神の交渉については、これ以上の微細な、或は枝葉的な問題に立ち到ることはなかなか困難なやうに思はれる。詩も、科學も、共に、今日の生活中から、より高度の新しい可能を創造する精神であると云ふやうな一般結論以上に出ない所以である。

　ポアンカレーとプリュウドムの間によりも、バルザックとボウドレェルの間に「科學」は在つたやうだ。

9

　藤田嗣治がノモンハンに取材した戰爭畫はなかなか傑作だと云ふ噂を聞いてゐる。「文藝日本」で富澤麟太郎や他の二三の人が口を極めて激賞してゐた。私はまだ見る機會を持たないが、今事變が生んだ戰爭畫中、群を拔いた出來榮えらしく想像される。事變が畫家に與へた影響は多々あるだらうが、最も顯著な徴候として、繪畫の中に長らく失はれてゐた文學的な要素が、戰爭を契機として復活してきたことが擧げられるだらう。しかしこれが繪畫技術自體の進步に、どこまで作用してゐるかと云ふことは速斷のかぎりでなく、又、新しい主題がただちに畫家の精神を更新するものとも思はれない。取材の積極性が、畫家の精神や技術にもたらす作用は、私たちが想像するよりも、もつと遲々たるものであつて、それは畫家が直接前面の目標にしてゐるものよりも、より多く背後に蟠踞する習慣や偏見や囚襲に對して働きかけることによつて意味があるのであらう。「詩」や「文學」にいきなり飛びついた畫が、繪畫としての腰が定まらず、その多くが單なる風俗畫や裝飾畫に終つてゐることは、近頃の展覧會の繪を見てもわかる。「ドガ」のなかで、ヴァレリーが云つてゐる「風景畫の發達は、繪畫藝術に於ける理知的內容の著しい減少と不可避的な關係を有してゐる」と云ふ言葉は、復興前期《プリミチフ》に絶大な共感を寄せたポール・ゴーガンが、近代美術の墮落を、文學的表現權を放棄した印象派畫家たちの罪に歸してゐるのと軌を一にしてゐて、なかなか興味深いのであるが、これは元より肖像や風俗畫に安易な徑を求めてゐる畫家たちの態度を支持して云つたものではなからう。先日、シャルル・モーリスの「ゴーガン」を讀んで、ゴーガンの場合に於けるタヒチやドミニックを、日本の畫家と戰爭乃至は戰場と云ふ場合に置き換へてみて（自然にさういふ聯想が浮んだからであるが）多少の感想を得た。それは同時に又、詩人と戰爭といふ問題にも深く觸れるところがあるからである。

　ゴーガンがタヒチに去つたのは、新しい主題を求めるためではなかつた。文學的繪畫ではなく、繪畫的文學を、と云ふゴーガンの意欲の中には、「始源の痕跡を有する藝術」に豊かな出發點を求め、徐々に、華麗な單純の方へ向ふ、彼の深い憧憬を讀むことが出來る。タヒチを求める如く、戰爭を求めた畫家が、日本に一人位あつてもよい。背後の頽廢や疲勞をさういふ風に感じた者は、彼が畫家にせよ、詩人にせよ、小說家にせよ、信じるに足る。

10

　或畫家が云つてゐたが、古都奈良の風景は、油繪に志した初心の者と、この道に相當年期を入れた玄人の畫家には喜ばれるが、丁度その中間の修練時代の者はあまり顧みやうとはしないさうである。この話は一寸面白いと思つた。奈良と云つても、繪描きがゆくところは、大抵、公園の西南はづれ、飛火野のスロープを下りて、小さな溪流を渡り昔の古い土塀等が殘つてゐる高畑の丘の方へのぼつてゆく春日山麓のあの一帶にかぎられてゐるやうである。あのあたりの圭角のない穩やかな自然のたゝずまひは、たしかに畫心を誘ふに充分であらう。それは何かしら手頃だと云ふ感じがすると同時に、一面又描けば描くほどむつかしくなると云ふところもあり、初心者やアマチュアに飽きられ、或は見放される頃に、遍歴を終へた年輩の畫家たちを、再びそこに呼び戻すのである。それを私に語つた人は、初心者と玄人畫家との中間にある所謂修業時代と云ふものに、どんな意味を含ませたのか明瞭ではないが、おそらくそれは、かゝる平穏な自然の風景に満足し切れない、精神の或る激動時代を指すのであらう。そして長い彷徨を終へた畫家たちが、結局又その古い風景の中に歸つてゆくと云ふことは、日本的なもの、純風土的なものへの憧憬とも見られるし、懐古的思潮に伴ふ精神の回歸を意味することにもなるだらう。

　近頃、奈良には、畫家に限らず、詩人や小説家もよくやつてきて、東大寺等に泊つてゆくと云ふ。東大寺系統の坊さんには、文學等にも理解のある、なかなか面白い人がゐて、中央の文化人たちの來訪を歡迎され、求められるまゝに奈良から大和一帶の古社寺の案内等もされてゐると云ふ話も聞いた。畫家の修業については知るところ少いが、いろいろな詩人たちの精神的彷徨については多少想像されるものがある。私が考へてゐることは、現代の詩に反映する懐古的風潮そのものよりも、彼等をそこに呼び戻した精神的遍歴それ自體の意味であつて、云ひ換へれば、私が面白いと思ふのは、彼等が今日見てゐる自然ではなく、彼等がかつてどこかで見たことがある、より荒々しい自然の色調や意味である。さういふ鍛へ方から見れば、詩人の佛像鑑賞や社寺巡禮も面白くないことはない。

　奈良公園の一隅には萬葉植物園と名づくさゝやかな植物園があつて、そこには萬葉の古歌に歌はれた種々の植物が標本的に蒐められてゐる。餘談ではあるが、考古學的な意義はともかく、あゝいふ小型の整然として劃られた植物園の設定の仕方そのものが、私には稍々萬葉の精神に反するやうな氣がする。春日神社の境内には、なぎやあしびの純林もあるのである。少くとも萬葉の名に於て、あすこには溫帶（亞熱帶）のバイデンゾルグが無ければならない。

　詩歌の中にも「萬葉植物園」的なものが蔓つてゐるのは憂鬱ながめだ。

11

　今日のやうな時代に、古典に對する關心が、何等かの形で蘇つてくることは極めて自然である。しかしかゝる關心を、單なる復古乃至擬古の範圍にとどまらしめず、現代の生活の中に、それを生かす根據となるものは、詩人の場合等、割合ひ薄弱なのではないか。古典の形骸と云ふものはなかなか莫迦にならない。菊岡久利が、最近、或る若い詩人の詩集を評して、含蓄ある言葉を吐いてゐた。「――しかし僕は、彼の詩が、もつと馬鹿なものや、汚れたものや、うすのろなものや、道化にまみれたあとの成長に期待したい。その發表しはじめた時機のことでも、僕らのやうに、文學者にとつていまから顧みて、いはば好都合な修練時代に、のたうちまはる詩を發表する機會に惠まれず、すぐ常會の席に坐るみたいなところから、その發表が始まらなければならなかつたある種の不幸さをどう克服したらいゝのか、僕は興味をもつて見てゐる。」

古典そのものよりも、古典に向ふ精神の諸樣相、或はその道程に牽かれてゐるさまは、私たち同時代の詩人に共通の現象である。しかし中には「常會の席に坐る」やうに、いきなり古典の上にあぐらをかいてゐる詩人もゐないことはない。

海底

海底に萬雷をきくねざめかな　　岡本潤

娯樂の進化

原　伊市

1

農村の娯樂も亦流轉するやうである。

それは農業生産の形體が變化することに照應するものと思はれる。又外部の與へる影響、文化政策と云ふ風なものにも左右されるやうである。

さいきんでは村人達は唄を唄はなくなつて了つた。百姓の唄は麥搗き唄とか田植唄等、それは共同作業の伴奏であつたところのものであり、長時間の勞働の苦痛をまぎらし氣持を引き立てる効果をもつものが主であるとされる。

　唄も正直唄ひたかないが
　　これも仕事のまぎれ草

これは手をもつてする勞働の生産性の低さに關聯をもつてゐる。われ〳〵は現在も、手をもつて一株づゝ植える田植えからいさゝかも解放されてゐないけれども、麥搗唄が精麥機のうなりの前に消滅するであらう事は想像に難くない。農業が機械化して來ると、勞働の伴奏としての唄は無意味になる外はなからう。

村の祭や盆に踊る事も、事變當初から何かうしろめたいやうな感じを與へられるものがあり、都會とちがひ、皆顔を知つてゐる人々の中から、戰地へ立ち、生命の危險に身をさらしてゐる人達の事を思へば、祭の夜の唄さへ、殘された家人達の心情に與へるものを顧慮せずにはゐられない氣がし、憚る氣にさせられた事は慥かである。又唄は、それが男女の情が唄はれてゐる時、一番に若者達の氣持に來るわけなのだが、その表現が素朴であり、直接的である事から、唄の詞は卑猥とされ、非難される。

私の隣村の國民學校長は、村の若者達の踊や唄を禁じた事があつたと云ふ。國民學校長などに有りがちな道德的姿態が感ぜられる。若者達は表面從順であつた。村では校長と云へば畏敬されてゐるからである。しかし彼等の從順はたとへば向ふから彼が來ると、ついと横道へそれると云ふ風な反面を伴つたさうである。更には、彼らは村にゐて樂しめない事から、町へ出て怪しげなカフエで享樂する事を覺えたと云ふ。

若者達にとつても、村娘をあひ手に踊を踊るよりか、カフエ出入りの方がハイカラであり、新らしい魅力であつたかも知れない。だが、それが不健康であると云ふ意味からすれば、前者より後者の方がまづ禁ぜらるべき事はあたり前だらうのに。

私らの若い頃、村の道を高歌放吟して歩いた記憶は、今追懷の情となつて甦る。それは再び無い青春の日の情熱と愚行の數々となつて思ひ浮かぶ。同時に如何にそれは貧弱な、小さな青春であつたであらう。後年私はゲーテの青春を讀んで、いかに自分や自分の周圍やのそれがミゼラブルであるかに萬斛の涙を感じた。日々の勞苦と無智と、貧しい感受性との中の自らの青春のいとほしさを思つた。

だがしかし、それは若者の主觀としては、そのやうなみじめさを感じなかつた。寒夜の道を唄ひつゝ娘達の宿へ行くのは、善惡の彼方なる事實でしかなかつた。そこには誰憚るもののない青春の抒情があつた。

今若者達は青訓服を着て默々と村の道を行く。祭の夜と雖も唄聲一つ聞えない。もつとも歩く事の機械化、バスが村の道を走り、それに乘つて祭の場所まで行くのであつては、唄は沈默する外はないが、しかしそればかりではなく彼らは表情そのものまで唄を忘れた風がある。軍歌すらあまり歌はないのである。實際今年などは、夏中に唄聲を一度も聞かなかつたやうな氣がする。若者達すら唄はないのだ、誰が唄ふ者があらう。村は沈默する。

2

私がまだ十歳に滿たない頃だつたと憶えてゐる。分家の叔父がその頃はまだ珍らしい蓄音機を買つて鳴らして聞かせた。私は呼びに來た從兄と連れだつて分家へ行つた。朝顏形のラッパが仲々威風あるものに感じられ、聞く人間の方がおづ〳〵してゐるやうであつた。浪花節をやつたのである。叔父は小聲でその抑揚に和した。そんな事が私には大變もつともらしく思はれ、叔父と蓄音機と双方が偉いもののやうに感ぜられた。

いつか浪花節の一くさりを覺えた幼い私は、便所の中でうなつたりして蠶飼ひに賴んだ人達に笑はれたりした。浪花節と云ふものを、幼い者の耳に入れる事が、それが批判のない田舎の童兒であつた場合、どう云ふ意味をもつであらうか。しかもそれが珍らしい器械を通じてゞある。後年浪花節の內容を考へるやうになつた私は、一度に浪花節を輕蔑嫌惡するに至つたのも、外ならぬ幼い時の記憶への反撥からその氣持を甚だしくされたやうに思ふ。

蓄音機はラジオに替つた。だがその聽者の意識はどれ丈進化したであらうか――

私の祖父は淨瑠璃を習つたさうである。それは農閑期に旅まわりの師匠が來て、仲間の家で集つて敎へを受けたのださうである。土藏の奧に埋もれた裃と見臺とが私に古風な幻影を與へた。〝この方が浪花節より藝術的であつたのに〟と云ふのが「蓄音器」の甥の感想であつた。

現在私の村に三味線を彈けると云ふ老人がたつた一人生きてゐる。私は一度も聽いたことがないので、いつか一度彈いて貰へたらと思つてゐるけれども、先頃老妻を失なつて一入わびしさうなその老人を見ると、そんな話もきり出せない氣がして了ふのであつた。そこには取り殘こされた過去の「文化」の影がある。

九つある私の村の部落のうち、三ケ所に「舞臺」があつた。それは今も殘つてゐて、公會所に使はれてゐる。その部落の人達はそれ故、今も公會所のことを「舞臺」と呼んでゐる。床の高い大きな木組のその古い舞臺は、ほんとうに舞臺丈で、觀客は前の庭でむしろでも敷いて見たものらしい。隣村にあるさう云ふ舞臺の一つは、前庭が自からなる傾斜をなした芝生で、そこで重箱でもひらいて、地酒に陶然となり乍ら、村の誰彼の演じ振りを語り合ひつゝ觀劇したであらう樣を、微笑と共に想像せしめるのであつた。

〝樂しい〟と云ふ言葉はこゝで純粹に近い內容を與へられたやうに思へてならない。私はしかしさう云ふ芝居（これぞ芝居であらう）を一度も觀る事が出來なかつた。私などの生れる前の事であつたらしい。

一里ほど離れた驛のある町に劇場の出來た時を、私はかすかに覺えてゐる。それは旅まはりの役者が金をとつて見せる場所であり、これは農村の演劇が職業俳優の手にうつる一つの具體的な表れと見る事が出來る。分業の進展である。たゞしかし、これは農村の芝居人がそこで專門化したのではなく彼らは百姓に專門化し、與へられたものは都會の職業俳優であつたわけである。ここに農村が自らの手に依る娛樂を失なふ過程を見てはいけないであらうか。

さうなる必要さは農村の生產關係から說きおこしてゆくべきかも知れない。しかし乍ら、前述農村人の演劇の場合と雖も、彼らの劇は要するに模倣でしかなかつたやうである。彼らが自ら戲曲を書き、演出し、裝置するなどは思ひもよらなかつたらう。祖父達の淨瑠璃の如く、それはやはり師匠である旅役者かなどの教へた通りを演ずるにすぎなかつたであらうと思ふ。さう云ふ原因も亦由つて來たる所があるわけであらうが、模倣である限り、彼ら自らがそれを演じたと云ふ事を過大に評價する事は出來ない。町の劇場の前に消滅する原因はそこにもあつたであらう。

　封建制の崩壊とも關聯してゐるであらうと思はれる村の舞臺の沒落は、農村の生活がそれ丈時間的なゆとりを失くしたとも考へられる。勞働の生産性は漸次高められたであらうけれども、それはむしろ必要に迫られてゞあつて、漸く高められた僅かの生産性は、尙且つ他の生産分野から遙かにおくれたものでしかなかつた。それは現在の農村が何よりも證明してゐる所である。彼らがのどかに芝居など習つてゐられなくなつた事は、それ丈の理由がなくてはかなはぬ事であつた。

3

「牧歌とはこれは都會人のノスタルヂアでしかない。村人にとつては無智であり、生産性の低位さであり、消費生活のつゝましさであるにすぎないものゝやうである。では牧歌的なものが失はれても百姓にとつてはむしろ幸でしかないではないか？」

「手織木綿の滋味をよろこぶのはこれは却つて都會人であるやうに、そして百姓は銘仙や富士絹やの方が上位なのである。ス・フの着物ですら娘達にはよそ行きなのだ。それはその困る弱さゝへなければ、百姓はそれを美しいとしてむしろ歡迎するでもあらう。」

「さう考へて見ると、牧歌は失はれてもちつとも歎く事はない。農村が都會化する事はそれは進化を意味する。」

　さう君が云ふのなら私は敢て反對しようとは思はない。いくら芝生で地酒を酌み乍ら村芝居を見る事が樂しくあらうと、現實にあつてはニュース映畫の一卷に如かない。淨瑠璃を語り三味線を彈いてゐる時ではなく、都市放送の音樂にスイッチを入れて、クヮルテットやシンホニーを聽く方がはるかにわれ〳〵の意識にぴつたりする。それはもはや否定しがたい。

　それはそれにちがひないけれども、しかしどうも納得しがたいものがある。何故であらうか。ではその理由を云へと君は云ふか。

　外でもない。現在農村人は表現のよろこびを失つたと云ふ事之である。昔芝居を演じた村人は、たとへそれが忠臣藏や寺小屋であらうとも、そしてそれ故にそれはもはや出來上つてゐるものを拙劣に模寫したにすぎないとしても、そこには猶且つ自分で演ずると云ふ事丈はあつた。そこにはだから表現の歡びがあつたのである。淨瑠璃もさうである。又私達が若い時に唄つた民謡も。――

たとへ勞働の伴奏にしかすぎない唄であらうとも、唄ふ事は之は一つの表現でなければならない。若い男女が共に一つの仕事をする時に唄ふ唄は、それが單なる唄以上であることは云ふまでもない。村の道を唄ひ乍ら歩いた私達にしても、それは青春の情熱の自からなる發散であつたと思ふ。同じ一つの歌詞はそれ故樣々な唄ひ手の感懷を現はして呉れた。

今ラジオは驚くほど普及し、それは新聞の數とあまりちがはないほどである。私が少年の日に感歎して聽いた蓄音機の浪花節は今スピーカーから流れ出し、村の道に氾濫する。しかし村人で浪花節をうなる聲を一つも聽いた事がない。映畫は町の小屋に次々と上映されるし、村では繭市場のあとが映畫館に早變りしてしば／＼開かれるし、銃後慰安の映畫會が、新聞社のサービスとして國民學校の講堂で催され、舊聞的なニュース映畫などゝ共に、主としてくだらない映畫が上映されるが、それは無料である事も手傳ひ村人をして蝟集せしめる。（農村人が映畫に飢えてゐる事は、都會の人には想像の外であるであらう）

與へられるものは乏しい乍ら、しかし之を曾つての農村に比べるならば、その一つ、ラジオ丈とつて見ても、昔日の比ではない。それはもう否定の餘地がない。

しかし乍ら、あゝ、しかし乍らである。では農村人自身の表現するものと言つたら何があるであらう。何んにもない、何んにも。

青年達はだまりこくつて村の道をゆく。甚だ謹嚴な表情である。彼は唄など知つてもゐないやうである。行進曲や軍歌はさう云ふ風な場所で丈は歌つた。しかしさいきんはそれもなくなつたのである。村一番の金持の酒屋の未亡人が贈つたブラス・バンドを、青年學校の生徒達はしばらく退藏の形である。かく云ふ私も亦三十面をさげて何も唄ふことが無いのである。

軍歌や行進曲は、日常のどんな場合にも歌ふ風なものではないにちがひない。又それは歌ふ者の感懷を託する場面もやはりある限られた性格をもつてゐる。だからその旋律が勞働の動作と合つてゐるかゐないかと云ふ事を外にしてもやはり日常的でないのである。では民謡を唄へばいゝと君は云ふか。

誰も唄はなくなつて了つた唄を、私丈けが唄ふのもこの空氣の下ではわざとらしい樣で氣がさすのをどうしよう。

農村の娯樂は今與へられるものゝみと云つても過言ではない。それは娯樂のもつ半面でしかないやうに私は想像する。何故表現する事を彼らは忘れて了つたのであらうか。

これはやはり牧歌的なものゝ喪失とも關聯をもつてゐる

やうである。いや牧歌の失はれた時に、同時にわれ〳〵は表現をも失つて了つたやうに思はれる。

娯樂の場合でも、分業はその分野を定めてしまつたのであらうか。娯樂も亦「生產」と「消費」とを（變な言葉だが）分つて了つたのであらうか。そして農村は彼自らの娯樂を持たうとせず、專ら與へられる娯樂を享受する丈に甘んじやうとするのであらうか。

農村の人達が表現の歡びを感ずるに至るやうな娯樂をもちたいと願ふのは私の夢であらうか。もはや失はれた牧歌を再びこゝにあらしめやうとは云はない。去るものを追ふのは無意味だ。ではどうすればいゝのだらう。

人々が潑溂とした意欲をもつ時、そこには自から表現への希求をもつに至るのではなからうか。それは生きる事のよろこびが踊や唄となつて表はれるやうに、自らの表現をもつと云ふ事は、それは生活の內から湧き出づる生命の讃歌のやうなものであるにちがひない。そして農村に失はれた牧歌は新らしい土の生活のよろこびとして再生して欲しい。だがそれはもはや牧歌の名を冠せるべく、しかく低徊的なものではない筈である――。今の私にはそんな風にしか云へない。

結論として、農村人が自發性をもつのには、外部からの條件が決定的だと思ふのである。

新會員募集

われわれの使命は愈々重くなりました。藝術綜合誌として國民に呼びかけてきた「文化組織」を、全的に開放、發展させるため、本會は新會員を募集します。會費月額五圓。詳細は中野方事務所に乞照會。

パミール

倉橋顕吉

例へば、ここでとれる春播大麥の乾燥した葉と莖には、凡そ四〇パーセントの糖分が含まれてゐると云ふ。

猛烈な夜間の低溫のために、ここの植物群は揃つて機能障害に陷る。エネルギイの創造が阻止され日中に貯藏された糖分が殆んどそのまゝで、細胞といふ細胞のなかに蓄積され、鬱積してゆくのである。

さうして、氷點下十二度の夜、凍りつく星空の下で悠々と實を結んだりし乍ら、奴等が繁殖し成長し、アジアの屋根に青くさい匂ひを放つさまを想像すると、俺は何だかやりきれなくなつて來る。

吉《キチ》林《リン》北《ペイ》山《サン》にて

島崎曙海

　臨江門から馬車《マーチョウ》をひろつて、隨分と凹凸の激しい水だまりの多い道をぬけ胡同《ホートン》を幾廻りか廻つて、僕達は北山《ペイサン》に向つた。第五八九號の番號を背に持つた馬夫なのだが、器用に馬車をあやつつて又胡同に入つたりした。ここには芝居小屋があつて、あくどい原始的色彩で客をよんでゐたがまたかの輕い氣持で見すごした。しばらく行くと、あばら屋の前の道はどろんこにぴしやついてゐたが、それをよけるやうに一列にこの國民《くにたみ》が並び、中には半島人の白衣女も交つてゐて、變に淋しい芝居だなと思つてその前に行くと、メリケン粉の配給所でその配給をうける一群であつた。北山公園通りといふその通りを突切つて、奉吉線路を越すと、池が兩側にあり、蓮は枯れてゐたが、ふと北京北海《ペイハイ》公園の風光を思ひ浮べた。どこか似通つたところがある。池と急竣な山といふ事が、支那の偉大な公園には入用なのかも知れない。北山が非常な自然美に富んでをり、後へ後へと折疊んでゐる自然の山竝を、私はこよなくいとしいものに思つたが、北海公園の人工美には少々いやな思ひがしたことを思ひ出した。萬壽山でもさういふことがいへる。池では魚が釣れると見えて、四五人の大公望が綵を垂れてゐた。

「半日釣つて、たしかに五錢とか記憶してゐますが」

　友は僕に話しかけ、

「シグナルが下りてゐますから、もうすぐ奉天行きの列車が通過しますよ」

　とつけたした。

　池をすぎると、夏は賑やかな店が出るらしく、半ごはれの屋臺が兩側にあり、左手に見える葉つぱが土にもとどきさうになつてゐる垂柳のところにかかると、大道寫眞師が二人も僕達を追つかけて來て、

「是非、北山記念寫眞、撮るよろしい。やすいよ」

　とつめかけて來た。

「不要《プヤヲ》、不要《プヤヲ》」

　と追ひのけて、隨分ときつい石段を關帝廟に登つて行つた。僕は二日間殆んどねむらないやうな旅の仕事をやつたので、このきつい坂にはぶつ倒れさ

うにさへなる思ひだつた。それでも友にまけないつもりで齒を喰ひしばつて登りつくと、S字型に見える松花江、吉林三山、小白山を遠く左手にのぞみ龍潭山を左江岸先に見、吉林の街は松花江とこの三山の間に發達した古都だと思つた。文明開化はゆるやかな雅趣ある北山の溪間々々を無殘に切りひらいて、ドライヴ・ウエイが山を越し、人道は花崗岩の側石を走らして山を越えてゐたが、これは當時節としてはゆるせるとしても、玉皇閣の左手に建てられた近代建築物料理店はあたりの風光のぶちこはしで、これは許せないといふ石井柏亭畫伯の話だつたですよと友は高らかに笑つた。あたりには楡とかサンザシとかカシワの木がぎつしりつまつて、今でこそ葉は落ちて下地が見え、麓の方でも見えすいてゐたが、

「夏は人道ばかりテカテカ光つて、その他は眞暗い位ですよ」

　と友は語つたが、これは眞實のことと思はれた。

　王皇閣に登つていつたが、天下第一江山の額のかゝつた樓閣をぬけると、二階建の古風な廟があり、これが娘々《ニャンく》廟《ベウ》といふ話だつた。娘々祭について土民の仕草など色々と話してもらつたがその話の中で、女が購つた人形に佛の火をもらひ、それが燃えてしまふまでじつとその側で祈つてゐる女の姿が眦にこびりついてゐた。大道寫眞師を廟内によび入れ、天下第一江山の額を背面に二人は並んだ。僕は季節はづれ、こうした名山の散策をこの上もなく愛するわけであるが、夏など人出の多いといふこの山も、今のやうに僕の心をとらへることはないであらう。大連の眞中にもつて來ても恥しくないやうなセメント橋を渡ると、そこからスキーのヒュッテが見られた。紫色の小さい實をもつた小さい丈の茨の道を通つて丘にのぼると、スキー場が一望の上にかかつて來た。ここなあたりには墓地があつたが、あたりの景色を破壞しないほど古風なものであり、よく注意しないと判明しない位で、その側を通り觀曠亭に登つて行つた。

　ここからは小白山は實に小さく見え東三省政府が滿鐵線に對して反抗する一つの據點として、幾百萬圓かの金をかけたといふ皇黄屯の驛も見え、北山の驛も見えた。今日見學した小豐滿の松花江大ダムのあたりも雲にかくれてゐた。

　松花江の鵜飼の話や、松花江が昔は北山の麓を流れてゐたらしい事や、奉吉線で行くと、奉天へ十時間で着く事や、僕等は暮れてしまつた吉林の街に下り、江南街の殷盛な繁昌振りにハルピンの傅家甸《フーヂャテン》を語り合ひ、ひどくのろい馬車《マーチョウ》で吉林鐵道局の方へ走らした。

「物射る眼」短評

中野秀人

　これは、畫家であると同時に詩人である內田巖氏の、文集といつたやうな書物である。素質が藝術家である限り何を書いても、何をしても、現はれてくるものは結局藝術である。從つて、內田氏の場合では、畫家であることが先行してゐるとはいへ、これは決して所謂餘技のなかに數ふべきものではない。藝術家の幅の廣いといふことと、なんでもかでも器用にやつてのけるお上手とを混同してはならない。藝術家の幅は、一徹な、信念に滿ちた難行から生れてくるのだ。多彩といふことはデパートのやうに品物が揃つてゐることを指して言ふのではない。

　藝術家が、もしも仕事に對して、本當の意味での野心を持つてゐるとするなら、勢ひ幅廣くならざるを得ない。クラシックのなかの藝術家達は、それを教養として持つてゐるが、時代との摩擦が激しくなつた場合には、いつでも多角な姿をもつて現はれた。所謂職能的藝術家達は、デパート向きに出來てゐるが、その隣りに誰が座つてゐるのかわからない。そこでは、技術だけが問題になるのであつて、綜合し、組織し、指揮する者の存在、大なり小なり、一管の筆に生命を托する創造者と雖も、さうした存在に近似したものでなければならないといふことに氣が付かない。それは、時代の激動に際して、藝術が、いつでも從屬的な、消費的な、自己否定的な、僞善的な、なにか申譯的な、時代の進行と不思議な逆比例を示してゆくことによつて證明されてゐる。そして、さうした藝術に對する不信は、案外、岡眼八目とやら、專門家以外の人達によつて始められるのかも知れない。さうなれば、轉向も改變も遲過ぎる。

　藝術家は幅廣くなくてはならない。幅廣い藝術家の外貌は、靜かで、柔和で、ときたま凡庸にさへ見えるかも知れない。また感興の刺戟性に乏しいかも知れない。だが、內在する生命の嵐には、凄まじいものがあり、ただそれを振廻すことを好まないだけのものである。コローを論じて、懇切叮嚀、よく後進を導くに節度ある內田氏の態度は、とりもなをさず、さうした幅廣きものへの近親を示すものである。コローは、その當時、幅廣くないもの、社會意識の乏しいものと解されがちだつたのであるが、今日吾々がコローを愛する所以のものは、その幅の廣さ、豊かさ、振幅の遠く果しなく、自然な姿にあるかと思はれるのである。そこにも、多彩だとか、多角だとか、新しいとかいふことが、形式の末に向つて、發せられてならないといふことが、判らなければならない。

内田巖氏はペンを併せ持つことによつて、多彩になるのではない。藝術家の持つ有機的必然性が、こゝにも現はれてきてゐるといふ意味で、その教養の錬磨蓄積を髣髴させてゐるのである。同氏の畫面が持つ、一種の親和力といつたやうなものを、こゝで感ずることが出來るとするならば、それは、二つの別なものではなくして、一つのものなのである。作家は作品によつてといふ考へ方と、それは少しも矛盾するものではない。すべては、山頂に向つての準備工作である。ところで、内田氏は、自らに「藝術家は決してその時代や環境を亂用すべきではない」と言つてゐるのであるが、それは、消極と積極との兩面に跨つた難しい問題である。如何にして？　如何なる嚴密さに於て？　そして、人は、内田氏に向つて、更に何を望むべきであらうか？

この書物は、全體として、夥しくプライベートな挿話にも滿ちてゐるわけで、暖い日ざしのなかに置かれた、ほどよい亂雜さは、この種の生活に未知な人々に對しても、畫學生に對しても興味深いものであることを信じて疑はぬ。私の好みから言へば「餘りにパスキンが多過ぎる」といつたやうな、ややエッセイに近く、コントに近いやうな、こんもりとした幾篇かを推すものである。

いづれにしても、畫家の手になつた文學、さうした新鮮味を孕んで、この書は、若き時代への教養に新しい風を送るであらう。

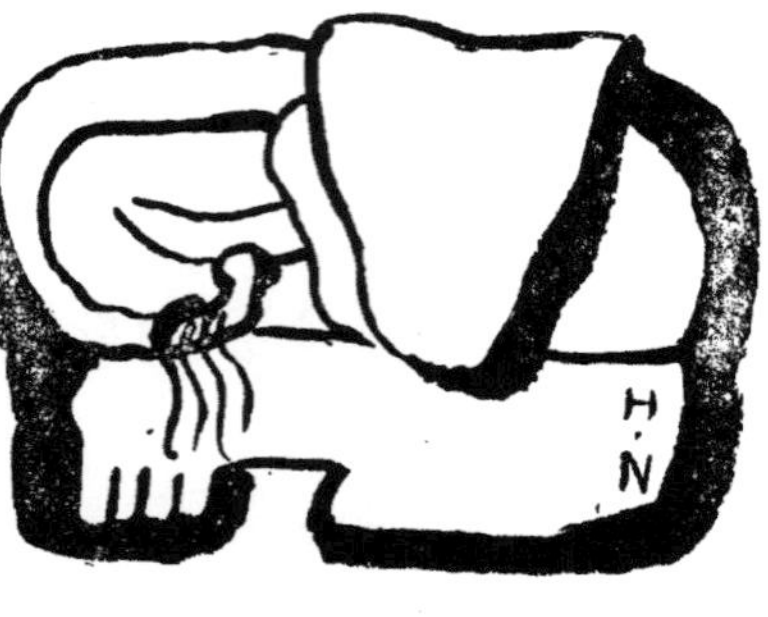

舞踊劇

セミラミス (SEMIRAMIS)

三幕と二つの間奏曲よりなるメロドラマ

ポール・ヴァレリ作

麻上俊夫譯

譯者註 これはイダ・ルビンスターン夫人の一座のために、ポール・ヴァレリが書き下した臺本であつて、作曲者はアルチュール・オネッガーである。セミラミスは往古アッシリアに君臨した勢威並ぶものなかりし女王の名。

人物

セミラミス

俘虜

四人の占星學者

王、俘虜たち、ディルセトの司祭たち、女王の侍女たち、兵士、奴隷

裝置、小道具、コスチューム等は、專ら考古學的考證に據ることなく、自由なる幻想を交へて考案されなくてはならない。

第一幕 戰車

裝置

巨大なるホール。厚い扉。

左手に女面魚體の極めて野蠻なスタイルを持つディルセト女神の巨像。

右手に巨像と向き合つて、ディーヴァンの恰好をした玉座があり、その裝飾は黄金の鳩の群で出來てゐる。

巨像と並んで幾つかの燭臺。玉座の周圍に、澤山の燈門が重なり合ふやうに置かれてある。時刻となればこれに火が點される

幕開くと舞臺は甚だしく暗い。有るか無いかの音樂。數人の人物……宮廷の侍女や侍僕が恐れ戰いてゐる。この面は踊られても、或ひは寧ろリズミカルに動くのであつても宜しい。長さは數秒以上に亘つてはならない。

俘虜たちの登場

外が騷がしくなる。哨兵の叫び聲。號令の聲。しやがれた法螺貝と角笛の響。

これらの騷音を聞きつけて、舞臺の人々は不意にその場に立ちすくむ。扉が荒々しく開かれる。（或ひは裝置によつて釣格子が上つても宜しい。）鎖に繋がれた俘虜の群が兵士たちに小づき廻されながら一團となつて登場し、觀客に向つて坐らせられる。足どりのリズムと混雜の音。

次いで靜かになり、一同待つ。

セミラミスの登場

音樂は權力と王者の威嚴の雰圍氣を創り出さねばならない。女王が輕快な戰車に乘つて現はれる。戰車には戰利品や斬首が吊るされ、黄金鎖に繋がれた八人の囚はれの王がこれを索いてゐる。

女王は黒い鱗形の甲冑を着てゐる。肩に黄金の鳩が翼を張つてゐる黄金の楯。顏の下部を蔽ふてゐる、そして象牙の非常に長い牙のついた兜。魚形の箙。女王は片手にフレオー（一種の古代武器）、片手に大きな弓を持つてゐる。

戰車上の女王が舞臺中央まで進んだ時、すべての運動が停止する。嚴肅な瞬間。

（敗れた王たちの合唱）

あはれ悲しき身の上や……
屈辱《はぢ》はわれらが弱き神々に！
おゝ、惑はしの前兆よ、
おゝ、空しき犧牲《いけにえ》よ……

エピソード・1

王たちは戰車から解き放されて、荒々しく玉座の階段の下に臥せしめられる。次に兵士たちは他の俘虜たちをその場に打ち倒す。そのために床にぐつたりとうつ伏せになつた澤山の肉體が、觀客席の右から左へかけて、一枚

の敷物を敷いたやうになる。兵士たちは跪づく。玉座を圍んでゐる侍女たちは平伏する。

エピソード・2

女王は急いで戰車から下り、俘虜たちの身體を踏みにじつて玉座に飛び上る。

エピソード・3

女王の化粧

侍女たちは女王の甲冑を取り外し、王者の衣裳を着せる。玉座は眩ゆく輝き渡る。

衣裳掛り、香水掛り等々が、玉座より一段高い階に通ずる階段から下りてくる。恰度行列を作つてゐるやうに見える。

衣裳掛りの調子をつけた物眞似。鏡や王冠などを表す。この間音樂が快く伴奏する。

(女王の侍女たちの合唱)

化粧が濟むと、セミラミスは橫になつて肱をつく。そして王笏をさし伸べる。

エピソード・4

敗者の偶像の登場

司祭たち、踊る兵士たち、奴隷たちが、「敗者の偶像」を持つて登場する。それは獸の頭を持つたり、何とも得體の知れぬ恰好をしたりした樣々な怪物である。人々はそれをディルセトの前に積み重ねる。オーケストラがグロテスクな効果を交へた一種の葬送行進曲を奏する。女王の合圖によつて、人々はそれらの偶像を、調子をつけて斧や槌で打ち壞す。

二通りの反對の合唱が聞える。

エピソード・5

女王と俘虜

その不氣味な響を聞いて、一人の俘虜が頭をもたげ、恐怖と憤怒をもつてその場面を眺める。女王は氣がついて、王笏を振りかざしながらその男に飛びかゝる。男はまさに打たれようとする瞬間、女王をきつと睨みつけ、やがて頭を兩腕の中に沈める。王笏は振り上げられたまゝである。女王は男の美しさに心を奪はれ、その髪の毛を摑んで頭を引き起す。そして長い間ぢつと見つめてゐる。次いで女王はやはり髪の毛を摑んだまゝ、無理に男を跪づかせる。衞兵共が男を殺さうとして近づく。彼女は一睨みで衛兵共を平伏させ、彼等に王笏を持たせる。衛兵共は跪づいてそれを取り、それに接吻したり、額にあてがつたりなどする……。

セミラミスは「男」を立上らせる。依然として髪の毛を摑んだまゝ、從順になつた男を舞臺前方まで連れて行く。男はぢつと立つたまゝ、呆然たる有樣である。

女王はちやうど馬市場で馬を檢査する時のやうに、非常な注意をこめて彼を檢査する。肩や腕を叩いてみたり、ぐるりと廻らせたりする……。そして滿足さうな、しかもぞつとするやうな微笑を洩らす。

女王は俘虜の縛めを解く。俘虜は腕をこすり、腕組みする。

こゝで燈火が暗くなり、王城内は殆ど人の見分けもつかない程暗くなる。だが前景の人々だけは、特別な光で照らし出されてゐる。

女王は靜かに俘虜の足許にくづ折れ、愛しげに男を見守りながら、その膝を抱く。

男は大膽になり、柔しく女王の頭をかなり長い間愛撫する。そして幕が下りる間、聲を立てずに笑ひ始める。

――幕――

第一の間奏曲

第一幕の終りの場面に下りる幕は、帳のやうに柔かくふわ〳〵した布地で作られ、大きな鳥を描くか縫取りするかしてある。そして觀客席の左方から見て四分の三のところで、上から下まで割れ、二枚に分れてゐる。

左から宮廷の野蠻な女衛兵の一隊が出てくる。變手古な服裝をし、武器を帶びてゐる。活潑な分列行進をし、囚はれの王たちを追ひ立てながら右に入つて行く。

次に料理、果實、燃える香爐などを持つた人々の緩やかな行列。

最後に道化師共が大急ぎでやつてきて踊る。色々と道化て見せた後、幕の後で行はれてゐることに對する好奇心を物眞似で演じ、何度も幕を覗きに行つて、エロティックな舞踊を踊る。

幕が次第に細かく搖れ始める。まるで微風に吹かれたやうに波打つ。左の方の幕が上り始めるが、右の方の幕は依然ぢつとしたまゝ動かず、次の幕の始まる時に半分上るだけである。

道化師共は左の方の幕を摑んで、相變らず踊りながら幕の動きにつれて動き、それを引張るやうな風をする。そんな風にして舞臺裏に姿を消す。

第二幕　寢　所

装　置

舞臺後景と左右に、幕と同時に刺繍された帳が垂れてゐる。

舞臺一ぱいに巨大な寢臺。夥だしいクッションがピラミッド形をなして、左上方から右下方に向けて積み重つてゐる。外は夜である。巨きな枝付燭臺が、クッションの山の傍に置かれてある。料理、果實を載せた金銀細工の大きな鉢が、寢臺上の人々の手の屆く所に、太い鎖で吊り下げられてゐる。

戀の夜のさ中に、戀人同志が手を取り合つて、寢臺に身を横たへてゐる。セミラミスは寶石を身に纏ふたゞけである。俘虜は緋色布を着てゐる。二人は長い間抱擁する。

合　唱

セミラミス、おゝ虐《むご》き鳩よ！
汝《な》は今戀に捕はれ、戀に死ぬばかり。
汝《な》が肉《しし》は永遠《とは》の禿鷹に甘く、
汝《な》が大いなる魂は快樂に敗る……

獨　唱

夜のさ中に、
愛しき汝《なれ》はわが身、
女王にも王にもあらで、
夜のさ中に！……

夜のさ中に、
汝《な》が唇はわが唇、
二人はたゞ一人、
夜のさ中に！……

二人はただ一人、
女王にも王にもあらで、
たゞ一つの喜び、
夜のさ中に！……

エピソード・1

男は起き上り、女王から逃れようとする。女王はクッションの上をゐざつてその後を追ふ。

男は再び倒れ、眠りに落ちる。女王は愛しげに男を見守り、眼に接吻する。惜みなく愛撫し、玩具にして、男の眼を醒まさせる。

エピソード・2

女王は鉢から香水瓶を取り、男に香水をふりかけ、油を塗る。

それから果實と杯を取り、まるで子供にでもするやうに男に食べさせたり飲ませたりする。

女王は奴隷のやうに仕へ、男の手や足に接吻し、男の前に自分を卑下する樣を示し、合圖で最もへり下つた服從の意を表はす。

エピソード・3

男は冷笑しながら女王を眺め、自分の權力を樂しむ。自分の征服を確信してゐる男性の滿足を殘りなく示す。そして彼女を自分の物のやうに取扱ふ。第一幕の場合と丁度逆である。彼女の頭を摑み、振り廻し、鼻先で獸のやうな笑を洩らす。彼女は男を押しのける。男は無理に彼女を跪づかせる。彼女は爭ふ。彼は彼女を手で打つ。

不意の沈默。セミラミスは身を硬くし、まるで別人のやうになる。顏色が變る。恐るべき沈思。彼女は眼を閉ぢ後ずさりして身を縮める――ちようど飛ばうと身構へる獸のやうに。

男は輕蔑した微笑を浮べ、それから笑ひ出す。

枝付燭臺の金色の光が、血のやうな赤色に變る。

男は肩を聳やかし、彼女の兩手を荒々しく摑んで、彼女を押し倒さうとする。

彼女はその手を擦り拔けて、蛇のやうに起き上る。途方もなく背が伸びたやうに見える。女武者の力が彼女の身體に漲る。彼女は猛烈に男を押しのけ、男を寢臺の足許へ投げつける。男はまるでふざけてでもゐるやうに、ゲラ〳〵笑ひながら轉げ廻る。

彼女は大聲で呼び、銅羅を打つ。すると舞臺裏から澤山の吠聲や叫び聲が應へる。それと共に野蠻な女衞兵とアマゾーヌの一隊が現はれる。

寢臺の內部を活潑に這つて現れるのもあれば、張布や帳から出てくるのもある。

彼女等は男に飛びかゝる。そして男を繩で縛つたり、網の中にくるんだり、首を紐で縛つたりしようとする。

激しく闘ふその一隊は、右手の樂屋に姿を消すが、進んだり退いたりするので、舞臺から引込んだり、また出てきたりする。それは男が猛烈に抵抗するからである。

エピソード・4

大騷ぎの間、柔かい、非常に寬やかな黒いマントに身を包み、投槍を握つて犧牲者の引かれて行くのを見送つてゐた女王は、一同が姿を消すと、武器を投げすて、寢臺から飛び下りる。舞臺が全く暗くなる。再び明るくなると、閉ざされた帳が見える。

――幕――

第二の間奏曲

幕或ひは帳が下りると、右手から俘虜の身體を擔つた女衞兵とアマゾーヌの行列がやつて來る。勝ち誇つた身振りをし、心ゆくまで獰猛な樣子をしてゐる。

この一隊が左手に消えると、一寸の間しいんと靜まり、光が著るしく暗くなる。この時セミラミスが帳の割れ目から姿を現はす。手に點火したランプを持ち、靜かに觀客の方へ歩き寄る。

この時帳の右の部分が動き出し、左手にかけて半ば捲き上る。そのために黃金の螺線階段の上り口が見える。

女王はゆつくりと階段を上つて行く。幕が下りる。

第三幕　塔

裝置

星を觀測し禮拜するための塔の頂にある物見臺。
四つの巨大な怪像が四方に置かれてある。それは「セッド」といふ人間の顏をした牝牛、「ネルガル」といふ人間の顏をした獅子、「ヴーストゥール」といふ「人間」、「ナティッグ」といふ鷲頭の怪物である。
後景に祭壇の長い石が立つてゐる。

もう夜が明けようといふところ。星がまだ輝いてゐる。觀客席の方が西に當つてゐる。夜が明けると、後景にその地方の景色がすつかり鳥瞰的に見えてくる。
川、森、市々、煙など。

樣々な服裝をした四人の占星學者が、魔法の儀式でするやうに、それからそれへと色々な恰好を作つてゐる。
彼等は樣々な聖名を合唱したり、輪唱したりする。
　アダール……ネルガル……ベリット

ネボ……マルデゥーリ……イスタール……
それから、
（この祈禱の間、彼等は一句ごとに位置を變へる）

第一の占星學者

ベルの精、國々の王……

一同

想ひ出でよ。

第二の占星學者

シンの精、國々の女王。

一同

想ひ出でよ。

第三の占星學者

イスタールの精、諸軍の女王。

一同

想ひ出でよ。

第四の占星學者

夜は明くる……「鷲」は來る……「鳩」は急ぐ……
　戀の血潮に塗れて。
生の寶物を用ひ盡したり、
　愛すること、そは死を與ふること。

一同

セミラミス、そは神よ。
セミラミス、全能者！
神々の力、
諸天の薔薇、
われを赦し給へ……
セミラミス……

一同中音で呟きながら平伏する。

塔の奥の方にある入り口から、息をはづませながらセミラミスが現れる。非常に長く且つ非常に柔かい黒マントを着、その襞の一つが彼女の頭を被ふてゐる。

彼女はマントをぴつたり身體に捲きつけて、天に向つて深く身を屈め、四方を禮拜する。それから極めて緩やかに旋回する。一種の星の舞踊である。

それから彼女はいふ。

セミラミス

「高さ」よ、わが「高さ」よ、わが「天」よ、
わが建てし「高さ」よ、
おゝ、いと高き「塔」よ、わが成せし業!
おゝ、わが「力」の花よ、
諸々の種族の血潮を注がれて……

「天《あま》」つ神殿《みや》よ、われは汝が頌賞を歌ふ
「鳩」は汝が上に立つ、
「鷲」の高さに。

汝が「頂」にて、などわれは星に醉ふ!
夜と日の間《あひ》に忍び入る天上の清涼に、
など我は身を浸す……

天上の聖らけき冷氣は槍のごと精神《こゝろ》を濡らし、
魂の戀を凍らせ、そを「幸福」より解き放つ……
物倦さはこゝになし!……はた生溫き愛情も。
薔薇はたゞ色褪せし想ひ出ぞ!……

こゝにあるはたゞ一つ「力」のみ。
汝を禮拜す、わが「天」、「時の神殿《みや》」よ、
われは來り、また來る、
唯一者たる力を神々の胸より汲まんとて……
われは今至純にして圓滿具足せり、
もはやわれ戀のために
世の常の女のごとくはならじ……
われは異郷の祭壇を、
打ち壞たしめ潰さしめき。
その神々を毀たしめ、
わが猛々しき足裏に、
王たちの戰く肉を踏み躪りき!……
男性と野獸の血潮の中をわれは進みき!
われは!……
いまこゝに、眠れる土地を、
睡眠《ねむり》の群塊《むれ》を、眼醒むるざわめきを、
生るべき人の生れ、死すべき人の死する
人間の家畜小屋を支配しつゝ、
わが心に問ひ且つ疑ふ、

わが生を恐るゝの深きや、
はた死を恐るゝの深きやを――
「星辰」の眼より見る時は、
たゞ一つの物に過ぎざるを……

一同　單調に吟誦する

「星辰」の眼より見る時は……

セミラミス

わが知慧と腕力《ちから》により、
わが詭計により――わが勇氣により――
わが計畫の嚴密さにより、
はたまたわが肉體の美により、
わが眼《まなこ》の翳によりて、
われは力もて恐るべき絶頂を征服し、
その持てるいとさゝやかなる神性を人間たちより取り出し、
世を超えしこの胸にそを聚めたり、
彼等の性質《さが》を更に卑しきものとなして！
おゝ！　憎しみの快さよ、かくも高きにありて吸へば！…

一同

イスタールは君と共に在す、諸軍の女王よ！

セミラミス

戀だにもわが王者の手に屈す、
われはそを奴隷となせり……

一人の占星學者

美はそがために武器を與ふるや？

セミラミス

われはわれを欲する者を當惑せしむ。わが胸は變り、襲ひかゝる、
わが肉體は陷穽《わな》にして、その與ふる快樂これ災なれ……
わが歡樂は貪食なる獅子、
わが香はしき寢床には、
王者の狩獵《かり》の熱ぞある……

一人の占星學者

セミラミスは美はし……

セミラミス

逸樂に醉ひ痴れて、忽ち「愛人」は主人となると思ひこ

む……
されどセミラミスは更に雄々し！
「鳩」はそを禿鷹に與ふ……

占星學者

セミラミスは淨らけし！……

一同

セミラミスは殺し給へり！

占星學者

セミラミスは大いなり！

一同

セミラミスは殺し給へり！

セミラミス

われはそれ〴〵に飼料《かひば》を與へぬ。わが肉を夜に、わが肉を
「戀」に、「戀」をば「死」に……

一同

セミラミスは正し……セミラ……

セミラミス　激しく

靜かに！……
行け、虚言者共よ！……逃れよ！……わが眼を恐れよ……
さらば汝等、わが身より他なる者の
われを頌賞し得と思ふか？

占星學者たちは一塊りになつて、後退さりする。

虚言者、阿諛者！……わが榮光はわれ一人のものなるぞ、
汝等の思ひ得るところのものならず……行け……逃れよ…
…今ほど磔柱が汝等に近かりしことはなかりき！
逃れよ、セミラミスは汝等が胸中を讀む術を知るものを…
汝等が星を讀み、またセミラミスを讀むよりもより明らか
に！……

占星學者たちは急いで恐ろしさうに姿を消す。
曙光がすべての物を黄金色と紅に照らし始める。その土
地の景色が次第にはつきり見えてくる。

セミラミス　ゆつくりとそして傲然と

あの精神《こゝろ》なき哲學者共を思へば、
今まで養ひたることのいと愚かしくも思はるる……
されどかの美しき俘虜こそは、
まこと僞りなき者なりき。

美貌に自信を持つ者の誘惑せんと望むは――また我身を與へし女王を一人の征服されし女に過ぎずと思ふは、もとより當然のこと……

――まこと彼は美しかりき。

――我は彼のために舞へり。うつとりとして……このやうに。

彼女は逸樂的な踊りを少し踊る。

――いかに我は彼のためによく舞ひしよ……彼のために？

――先づ我がために……

彼女は胸檣の上に坐る。遠い聲が簡單なメロディーを歌つてゐる。文句は分らない。「女王」は哀愁に滿ちた夢想を身振で演ずる――やがて勢よく立ち上つて、いくらか熱情的に再び踊る。それから急に止める。

「セミラミスは淨らけし……人を殺し給へり……」
おゝ、まことの我よ……唯一人のセミラミスよ……
――あゝ！　牧人の歌よりは、いひ知れぬ戀の魂ぞ洩れ出づる。
「女王」に憧憬るるにてはなきか？
黎明の空氣に注がれし
憂愁のほのかなる毒藥は、
我をも人なみの弱さになすか？
――いな、わがセミラミス、おゝ、唯一人たる力よ！……
我に比すべき何者もなし、我は生をも死をも望まず……

眼醒めの空ろなトロンペット。太陽が輝き始める。「王國」の風光が照らし出される。屋根や河が閃めく。セミラミスは全身に光を浴びてゐる。莊嚴な態度。

あゝ！……汝は來れり！…つひに「首長」は輝き現れぬ。
與へ且つ引き取る者、產み且つ滅ぼす者は。
そは現れ、そして叩く……種なく萬物に秩序を與ふ。
そは擴がりを、土地を、眼を、思想を播く。

貴き「時の君」よ……我は「汝」より外の鏡を欲せず……
我は「汝」が熱き知識に我がすべてを捧げん。セミラミスのすべてに於て、いかなる秘密、いかなる蔭影《かげ》も「汝」がためにはなかるべし……

彼女はマントを脱ぎ第二幕の時のやうに殆ど裸體になる
祈る。

おゝ、神よ、我はたゞ「君」を知るのみ……
おゝ、神々の神なる君よ、「君」と「我」の外には何者もなし…
わが力の限り我はそを欲す。

胸橋の上に登りながら

いかに我は呼吸づくよ……
至純なる權勢を我は呼吸づく……
わが作りしいと高き所にて我は眺め呼吸づく。
慾情は我を見捨て蔑《さげ》すみは我を持ち上ぐ！
我が胸は全「王國」よりも更に廣し——その頂より我が魂の涯を見極めうるほど高き「塔」はいづくにもなし。

我は望めり、やがて人々が我の眞實《まこと》生きてありしを信じ得ざるまでに偉大たらんことを……人々が我を精靈によりて造られしと信ずるまでに強く且つ美しくあらんことを。最大の榮光こそは、自らを思ひ到り得ざるものとなしし神々のそれに非ずや？

人々はセミラミスをいふならん、「不可能、不可信なり」と
……不可信——かくてこそ神的なれ……

彼女は胸橋を下り、祭壇の傍へ嚴そかに歩み寄る。暫く祈るやうな姿勢をし、それから祭壇の階段に上る。

——今は——この祭壇の石に寢ねて「太陽」に祈らん。やがてその全力をもて我を蒸氣と灰に歸せしめんことを。そは我が夥だしき榮光と誇りとをもて養ひしこの「鳩」の、我身と時より放たれんために。

彼女は祭壇の石上に横たはる。彼女の身體は寶石で閃めき、一瞬激しい光の中心となる。——一抹の輕い水蒸氣が彼女を包むと、ぱつと立ち上つて消え失せる。一羽の鳩が飛び立つ。空虚な祭壇が太陽に輝いてゐる。

——幕——

路程標（長篇第五回）

赤木健介

第十七信

この頃、日記とか手紙とかに大變興味を持つてゐます。メリメが英吉利に住む少女に宛てた書翰集とか、トルストイの日記抄などといふものを讀んでゐます。それで感じたことですが、この個性的な精神の內部を披瀝する形態は、その思想性とか藝術性とかの問題を乘り越えて、たとへば暗夜の梅花が鼻を撲つやうな芳香を放つことがあると同樣に、讀む人に對して筆者自身の思ひもかけないやうな感動を惹き起すことがあるといふ事實です。それはなぜかと言へば、彼等偉大なる架構家《フィクショニスト》が、創作におけるやうな架構ではなくて、その相對的な眞實を吐露してゐるといふ魅力によるのだと思ひます。

ところが、僕のこの書翰集は遺憾ながら、御存知のやうにさうした魅力を持つてゐない。本當のことを書いてゐるんだか、架構を逞ましくてゐるのだか、おわかりにならないでせう。いや、本當のことを書いてゐるのですが、さうとはお思ひにならないのではありませんか。それは致し方無いこととして、書翰の必然的な屬性である僕と貴方との交渉が、紙面に現はれないといふことに魅力の貧困があるに違ひありません。併しそれは、問題が多岐にわたらないやうに嚴に避けてゐるところなのです。そこは暫らく我慢して頂くことにしませう。

さて日記の方ですが、僕もつけては居ます。モノローグも、時々は洩らすことが、精神衞生上必要です。だが、僕の日記は、死んでからも發表されるやうなことは無いでせうし、全くの日常雜事の覺え書ですから、自分ながらつまらないものです。アミエルのやうに、言々句々みな高潔な哲學的思索といふわけには參りません。こんなことを書くと、厭味たらしくなるので、以下略しますが、とにかく僕の日記には、自分だけにしかわからないやうな事件がメモされてゐたり、ひとの惡口がそれも獨斷的な立場からなぐり書きされてあつたり、日が經つと自分でも何のことかわからない略語・隱語の八幡の藪があつたり、——全くザラ紙で造つたバベルの塔です。

併し今日は、その中から手當り次第に、といふよりは小康期にある此の頃の僕の生活を貴方に知らせるために、多少は面白さうなところを選んで「公開」しませう。別に手は入れませんが、但し略語・隱語の八幡の藪は、省いておきます。

× 月 × 日

昨夜から降り出した雨、一日中やまず。馬鹿に寒い。Fから去年もらつて、裏返ししたオーバを着てゆく。古物だが、地質がよいので、着てゐると立派に見える。——さういふ氣がするだけのこと。晝飯を食ひにレストランへ行く時にも着てゆく。顏なじみの女の子たちによく見られるやうにといふ、あさましい氣持が働いてゐなかつたとは言へない。

橋のところに、數日前から老乞食がゐた。蓆を敷いて、からだを海老のやうに曲げ、折箱に入つたぼろぼろの飯を、手づかみで食べてゐるところを見かけたことがあつた。誰か殘飯でも惠んだのだらう。大抵は、生きてゐるんだか死んでゐるんだかわからないやうに、からだを二つに折つたまま凝としてゐた。尻の方に銅貨がいつも五六枚ころがつてゐた。俺も銅貨を投げてやりたいやうな氣持が起りながら、へんな體面感から、何度もそのそばを通つたのに、顔を背けて過ぎたのだ。

その乞食が今日は居ない。蓆や折箱は散らかつたままになつてゐる。その外に大小便が垂れ流してある。昨夜は特別に冷えたから、到頭死んでしまつたのだらう。暗然とする。

×月×日

L氏を大學に訪問。應待は鄭重慇懃を極めてゐるが、どこかに冷たい感じが潜んでゐる。研究室の廊下をうろうろしてゐる時に、いつも自分が惘むべき雜誌記者に過ぎないといふ自卑の念が起るのは、相手がこつちをさう思つてゐるに違ひないといふ先廻りした豫察のせいだ。L氏のやうな場合にぶつかると、その氣持が更に濃化し、自分のみじめさが話してゐる間に潜在意識の焦點を占めることになる。

バレスの「コレット・ボドッシュ」讀了。傳統主義の精神的スケールは小さい。女主人公が肉化されてゐない。

×月×日

富士が眞白になつて、鋪裝路の眞正面に浮んでゐる朝。空の青が薄いので、輪廓はぼやけてゐたが。

朝鮮人ばかりが集るカフエの入口で、爛れた感じの女が掃除をしてゐた。汚れた薄桃色の朝鮮服を着て、無表情で通りを眺めてゐた。

時計屋に寄つて、硝子蓋を入れてもらふ。どうして割るんだか、これで最近三回目だ。どうも俺はぼんやりしてゐる。氣をつけないといけない。

併し過勞から來るいらいらした氣分は、今日は珍らしく拂拭されてゐる。「山中暦日無し」といふ句が、ふつと思ひ浮ぶ。境地は違ふが、寂心に、似たものがある。世界の情勢は變轉してやまず、どうなるのだらうかといふ興味と不安が湧くが、自分は自分の仕事に精魂をこめて働けばよいのだといふ、一種安心立命の境に近づいたやうに自惚れてゐる。

×　月　×　日

冷雨が絶えまなく降つてゐた。それで大失敗を演じた。

荻窪のW氏を訪問しようとして、驛の外に出ると、水道管でも埋設するためか、道の眞中が掘り返されてゐる。そのまはりに土が盛り上げられて、傘をさした人が危つかしい足で歩いてゐる。何氣なく通つてゐるうちに、恐らく俺のいつもの放心癖のせいであつたかも知れぬ、――滑つてよろめいたとたんに、泥がしぶきを上げて、オーバや帽子はもちろんのこと、顔にまでハネがかかつた。一瞬間の出來事だつた。大勢の通行人が、あつと叫ぶ。どうしようもない。W氏のところへ行つて、洗はせてもらふわけにはゆかない。

困惑してゐると、そばへ來て聲をかける若い女がある。まだ二十三四かと思はれる一見女中風の健康さうな赤い頬ぺたの持主だ。

「お困りでせう。裏通りなんですけれども、よかつたらお寄りなさいませんか。」

といふ。渡りに舟で、よろこんでついてゆくと、何商賣だか知らないが、土間に自轉車が二臺ばかりおいてある。

「ゆうべのお風呂の殘りなんですけれど、上り湯だからきたなくはありません。」

といつて、洗面器とバケツにぬるま湯を汲んで出して來る。恐縮しながら、それで顏を洗ひ、オーバやズボンの泥を拭く。それできれいになるわけでは無いんだが、とにかく泥を落す。女は甲斐甲斐しく、湯を幾杯も運んでくれる。女中では無いらしい。娘か妻君かはわからない。外に誰も出て來ない。

併し天の助けであつた。御禮にいくらか置かうかとも思つたが、受取りさうもないので、廻らぬ下手な口を鞭撻して、色々禮を述べて去る。W氏のところへゆくのは、さすがに憚られたので、そのまま歸社。

一生懸命オーバを拭いてゐるときには、それほどにも感じなかつたのだが、歸りの電車に乘つてから、しみじみと女の親切が感じられて來た。世の中には、こんな親切な人もあるものかと思つた。オーバも洋服も、クリーニングに出さなければなるまい、――それは大損害だが、併し人の情に浴したことは、何物にも換へ難い收穫だと思つた。人の世の美しさが、後から後から感じられて來た。

社へ歸つてから、野田にその話をしたら、

「長生きはするもんだね。さういふことがあるからなあ。」

と、いかにも羨しさうな口吻だつた。美め、そねめ。もつともその女は、ちつとも美しいとは言へないのだけれども。

×月×日

寒氣凜烈。

一日の仕事をすませて、K子と會ふ。自惚れかも知れないが、彼女の俺に對する感情は戀愛的なものだと思ふ。

「男の人つてわからないわ。一つの戀愛が駄目になつたからといつて、直ぐ次の戀愛に移れるものかしら。私なんか、そんなことは出來ないんだがなあ。」

その言葉の中に、何か俺と彼女との關係について考へてゐるやうな調子が感ぜられた。それは錯覺かも知れない。

×月×日

白井が何か俺に話しかけたさうな素振りを見せる。併し俺は頑固にそれを避けてゐる。Aはどうしてゐるだらう。それを聞きたいんだが、聞いたところで仕方が無いから、思ひとどまる。

俺の日記なんて實に劣惡なものだなと思ふ。そこには何の哲學も、藝術的な工夫も無いではないか。だが、嘘が八〇パーセント位まで無いことは事實だ。無意識がどんな修飾を施してゐるかは別として。これは、醉拂つて書いてゐることだから、どうも我ながら信用出來ない氣もするが。

K子から珍らしく電話が掛つて來た。彼女は俺のフィリーヌだ。素人劇團の女優だといふことばかりではない。俺の心を弄弄することを心得てゐる點で、正にフィリーヌだ。

×月×日

嫂がスリッパに毛絲をかぶせたものをくれた。暖かさうに見える。「不知火筑紫の綿は身に着けていまだは着ねど暖く見ゆ。」

小說家のS氏訪問。將棋を指してゐた。見てゐると、自分の陣營を守ることばかり腐心してゐて、ちつとも相手の領域へ踏みこまない。弱氣なんだなあと思ふ。また此の大家のモデスチーをいぢらしく感ずる。將棋ばかりでないが、勝負事にはその人の性格がまざまざと現れるものだ。俺はS氏と正反對で、自分の陣營はどうであらうと、敵中深く切りこむことを快しとする。隙だらけだと言へるかも知れない。少くとも一種強氣な性格であることは確かだ。自畫自讃。呵々。

應召相次ぐ。俺にはまだ來ない。

×月×日

高橋が、深刻な顏附きで、ちよつと時間を割いてくれといふ。何を言ふのかと思つて、一緒にFへ行く。彼はまだ二十五六の青年なのだが、十幾つも年上の酒場のおかみとの同棲生活を二年近く續けて來たのださうだ。その間種々のいきさつがあつて、彼としては別れたいのだが、それを話し出すと、女がヒステリーを起して、ひきつけの狀態に陷るといふ。どうしたらいいだらうかといふ相談だ。返事のしようがない困つた問題だ。

彼の話をきいてゐると、彼自身に種々責任があるやうだ。何よりも、弱氣だ。女に對しても未練を持つてゐることが窺はれる。俺とは世代を異にしてゐるといへる此の青年が、俺よりも世事に深入りしてゐることは驚嘆に値ひするが、その行動は自然主義時代の人間と變らず、消極的で齒がゆい。

「僕はその女の人を知らないから言へるんだが、殘酷でも思ひ切つて別れる工作をするんだな。その人をかはいさうだとは思ふ。併しそんなことを繰返してゐては君の破滅だ。君はまだ若いんだから、自分を大切にしなければいけない。泥沼のやうな生活は切り上げなければいけない。」

俺にそんなことをいふ資格があるかどうか、——といふ想念がふと心を掠めたが、これでいいのだと思ひ返した。ヒューマニズムを越えた嚴しいモラルは、そこに落着くのだと思つた。併し、高橋がそれを實行出來るかどうかは別問題である。あまり腑に落ちたらしくも見えない彼の表情を見ると、さうした果斷は出る見こみは無ささうだ。

日記抜萃は、きりがないからこのへんでよします。

第十八信

大里編輯長の退社が突然發表されました。その後釜には、野田が座ることになりました。いつかの衝突以來、大里は馬鹿に僕に好意を示すやうになつて、空氣は非常に緩和されたのですが、それでも野田が編輯長になつた方が僕にとつて氣樂であること事實です。大里は或る大會社の調査部長になるのださうです。彼にとつては、その方がずつと收入もよく、仕事甲斐もあるのでせう。

社長が僕を呼んで、「野田は君より年下だが、入社年月が古いから、順序として編輯長にしようと思ふ。不平はあらうが……。」と言つたとき、僕はそんな不平など勿論持つてゐないからと答へましたが、心から僕はさう考へたのでした。編輯長だとか課長だとか、そんなことを氣にかけるやうな僕でないことは、貴方も御存知です。

大里の退社よりも、もつと大きなショックを僕に與へたのは時を同じくして起つた白井の應召です。彼は入社してから間もなく檢査を受けて甲種合格だつたので、その事があるのは當然豫想されてゐたことでしたが、自分にいつ召集があるかといふことを絶えず氣にかけてゐただけに、先を越されたといふ感じが強く、その外彼とのいきさつが一緒に思ひ合されて、複雜な感情の綜合に強く打たれました。葦枝と彼との間が、どんなふうに進行してゐるかは、口をきいたこともない彼からは勿論、葦枝とは今でも會つてゐる筈の和子からも、何らの情報が入らないので、窺知することは出來ませんが葦枝はどうするだらうといふことは、すぐに考へられて來ることでした。彼女の性格を知つてゐる僕としては、白井に對する憫れみの感情が湧いて來ました。送別會は明日あることになつてゐますが、何か言つてやらねばならないといふ一種の義務感に似たものを促されてゐます。併し何が言へるか知ら、――と複雜な感情に迷つてゐます。何が言へるでせう。憂愁に似た想念です。

僕は最近、岩波新書に收められた「獨逸戰歿學生の手紙」を讀み終へました。それについての感想は、簡單には書けませんが、身につまされて感動したことは事實です。彼等の或る者は、次の戰鬪での死を覺悟してゐます。その告別の歌は、切々と響きます。また或る者は、生きて凱旋することをこひ願ひ、歸つたらどんな仕事をしようかと色々夢想してゐます。いぢらしいといつたら冒瀆になるかも知れないが、みな結局は祖國のためにいのちを捧げてしまふこれらの靑年がもし生き殘つたならば、どんなに有意義な貢獻を國家國民のために實現しえただらうかと考へるのは、センチメンタリズムでせうか。自分の身にひきくらべて言ふのではないのですが、ここに溢れてゐるものは、限りなく尊く、思慕を誘はれるものです。僕にまだその順番は廻つて來ないが、白井の場合を契機として、ひたひたと寄せる深夜の潮のやうな想ひがあります。

偉大なものに生命を捧げること、――それは觀念的には誰でもなし得ることです。併し生存への動物的な執着は、さうたやすく斷ち切れるものではありません。僕だつて、多くの辛酸を嘗めて、時には生死の境を越えたやうな經驗もしてきたのだけれども、刻々と自分の命數が削られてゆくことを考へるだけでも、いい氣持はしません。まして、突然それが切斷されることは、考へるだけでも哀惜と苦痛を誘ひます。そればかりでなく、僕の場合には、色々な問題があつて、精神の構成はもつと複雑です。僕は自分の仕事のことを考へます。社の仕事、それ以外の自分の仕事が、たくさんあります。愛情の問題があります。そんなことは、すべての人にあるのでせうが、自分の問題として考へるときには、切實な内容をもつて反響します。これは唾棄すべきエゴイズムでせうか。いや、僕はさうは思ひません。誰でもが、一應はそれを考へる筈だと思ふのです。

そんなわけで、僕は近ごろ、生と死の問題を考へることがよくあります。死とは何ものなのか。或は突然に、或は平和に、生きとし生けるものを襲ふこの宿命的な必然は何だらうか。物に影があるやうに、生には死が伴ふのでせうか。これはあまりに幼稚な問題であるかも知れません。そんなことは自明として、思考を省き、ひたすらに前へ進んでゆくのが、要求されるのかも知れません。併し、個を全體の中に有機的に融合し、眞に全體を生きた活動體とするためには、個を自覺的に動くやうにする處理が必要でせう。それには僕等の多くが取り憑かれてゐる知性主義の幽靈から、それぞれに苦しく激しい闘ひを通じて、離脱する努力を、外からでなく内から進めなければなりますまい。國民のひとりひとりが、自覺的に國家の礎石となることが成就されなければ、眞にその國家は一體になつたとは言ひ切れません。

事變が長期戰の相貌を呈して來た昨今、動もすれば弛みがちな人心を振興するためには、自覺的な全體への個の止揚といふ哲學が必要ではないか、など考へられます。

第十九信

能や謡曲を愛好して居られるT氏の紹介で、能楽堂へ行きました。社が退けるのを待ちかねて、乗つた電車の吊革にぶらさがりながら、數日前の白井の送別會のことを想ひ出してゐました。

型の如く會が終つて、五階の食堂からエレヴェーターに載つたとき、僕は一種の憂愁に堪えかねて、微吟——といふよりも、可なり大きな聲で古詩を吟じ始めたのです。

故人西のかた黄鶴樓を辭し、

煙花三月揚州に下る。

孤帆の遠影碧空に盡き、

惟《た》だ見る長江の天際に流るるを。

李太白が孟浩然を送る絶句です。一緒に詰めこまれた六七人は、

「そらまた始まつた。」

と言つて笑ひました。エレヴェーター・ガールも、僕が醉つてるのだと思つて、くすくす笑つてゐました。その時僕は隅で白井が微笑してゐるのを見つけて、

（おや。）

と思ひました。人の思惑などは考へないで、時に白痴的な行動に出る僕の無遠慮さは、平素からリファインされた擧止を守つてゐる白井には不愉快な筈です。それが、何か謙虚な面持ちで、而もすべてを許すといふやうな深みのある微笑を湛へてゐるのを見たとき、僕はハッと打たれました。彼は急に成熟したのだ、應召と共に俺よりも一段高い精神を獲得したのだ、と感じました。

一月の冷え切つた街上に出た時、僕は我とも知らず、彼のそばへ歩み寄り、靜かに、併し強く、彼の手を握りました。彼も握り返しました。久しい確執に關しても、葦枝のことについても、二人共無言でした。何も言ふ必要は無いと感じました。彼もさう感じてゐることがわかりました。甃疊《いしだたみ》の上をこつこつと靴音立てて去つてゆく彼の後姿には、「悟り」とでもいつたらよいと思はれる落着きが見られました。冬の星座は、燦爛として暗青の空に弧を描いて居りました。

能樂堂へ着くと、廊下で思ひがけなく和子に遭ひました。僕も驚きましたが、彼女もまさか僕がこんな所へ現はれるとは思はなかつたやうです。最近能樂は、可なり知識層の間に關心を持たれて來たとはいへ、やはり觀客の大部分は上流の謠曲愛好者なので、僕などのやうな可なりつき合ひの多い者が出掛けて行つても、音樂會や劇場などと事かはり、殆んど知つた顔に出會はないのが常であります。尤も今夜は、舊友の小説家武村が來る筈でしたが、それにしても和子と會へたのは、思ひがけない喜びでした。

「おや、君もこんな所へ來るのか。」

「馬鹿にしないでよ。私、お芝居に關係のあることには何でも興味を持つてるんです。御能は、日本の演劇の一番よいものぢやありません？　それより、宇野さんこそ、どんな氣紛れで、いらつしたの？　私、貴方は御能なんか輕蔑してるんぢやないかと思つてゐましたわ。」

「冗談ぢやない。僕はね、日本精神の傳統をたづねるために、古典に體當りして行かうと思つてゐるのだ。――だが、お互ひに惡口は止さうよ。」

「惡口ぢやないわ。でも、貴方と會へたといふことはうれしいわ。」

「本當かい。さうだとすれば僕もうれしいが。」

「でも、へんな風にとつては困りますよ。うれしいからうれしいといふだけなのよ。」

かういふ風に、彼女ははぐらかすのが巧みです。それが僕には齒がゆいのです。廊下には幾つかの長椅子があつて、もう大抵はふさがつてゐましたが、ちよつと空いてゐるところがあつたので、僕がそこに腰かけると、和子も素直に並んで腰をおろしました。からだの暖みは、傳はつて來ました。

僕は、白井の送別會で感じたことを話してきかせました。すると彼女は、首をかしげながら、

「さあ、それは貴方の幻想かも知れないわね。白井さんが、貴方の感じたやうに、そんなに急に成長したのでせうか？でも、あの人は何か清純な印象を與へるのよ。それが、女の人にとつて魅力なのかも知れない。」

清純といふ言葉は、僕にも非常に魅力があります。併し白井に對して言はれるときには、ちよつと承認できないものがありました。年のわりに世才にたけてゐて、――(それは彼の年代に屢々見受けられることですが)、社內の位置などにも絕えず氣を配つてゐる樣子などは、清純といふ言葉を消し去るものでした。併し、女性に對する場合に、明朗で慇懃で率直ではあつたのでせう。僕のやうに、底知れない沈鬱に陷ることもなく、暗いデモーニッシュな情熱で迫ることもなく……。何だか僕には、和子が、白井と比較して、僕を清純でないと責めてゐるかのやうに感ぜられました。萃枝が僕を白井に見代へたのも當然だ、といつてゐるやうに聞えました。僕はいやな氣がしました。

(なる程、僕は清純ではない。併し白井が清純だとはいへない。清純といふ言葉のもつともふさはしいのは、和子、君ではないか。君のあまり美しくもない輪廓に、時としては夜ふかしの勉強のあとの濁つた瞳に、折々は言葉もなく座つてゐる含蓄のある沈默に、どことなく閃いてゐる魂が、清純といへるのではないか。)

そんなことを考へてゐるうちに、胸に切々と湧いてくるものがあります。それは、膝を接して座つてゐる者の肉體を超えた、どこか遠くにあるイデアールな存在に對する、限りない思慕であります。

しばらく默つてゐると、そこへ武村が妻を連れてやつて來ました。長身の若白髮で、笑ふと少年のやうな齒並みを見せる彼は、

「どうだ、いそがしいか。」

と月並な挨拶をします。

「うん、いそがしいね。」

僕も月並な返事。彼と僕とは、少年時代の同級生ですが、今では新進作家といふよりは中堅作家の一人に數へられ、世間的にも相當知られてゐます。僕などは一流雜誌に物を書くといふやうな機會はめつたに與へられませんが、彼の名前は方々で大きく示されます。併し僕には、それを嫉妬する氣持は少しも起りません。彼に對しては、個人的に會つたときにはその作品を忌憚なく批評しますが、他の知人で彼を惡評するものがあると、むきになつて辯護するのが常です。雨天體操場で、犬ころのやうに轉げ合つて、喧嘩した懷しい想ひ出がさうさせるのです。

和子を紹介すると、淡白に、

「ああ、さうですか。宇野君と僕とは小學校時代からの友人です。」

と答へます。次いで妻君と和子との間にも挨拶が交されました。ちよつと所在のない沈默が一分ばかり續いたとき、演能開始のベルが鳴りわたりました。それぞれ別の席に入つてゆきました。

出し物は「西行櫻」と「天鼓」でした。まだ何回も能を見てゐない僕ですが、研究書も少しは讀んだので、能がどうい

ふ性質のものかといふことは少しわかりかけてゐます。もちろん近代劇を観る眼と變りない眼で見るのですが、それでも大體はわかります。

「西行櫻」のシテは梅若万三郎で、ワキは寶生新でした。ワキが、全曲に活を入れる意味で非常に重要な要素であることは、誰でも知つてゐることですが、ワキが素顔であらはれるといふことには、一層深い意味があるやうに思はれます。能面のすばらしい生きた精神的リアリズムに對比して、素顔のワキは逆に生きた人間の瑣末《トリヴィアル》な表情を捨象して、言はば能面化の道をとらねばならないのでせう。それだけに、名人でなければ、すぐれたワキは勤まらないのでせう。

が、僕はまだワキの名人藝を鑑賞出來るところまでには行つてゐません。むしろ、シテの万三郎の藝が至妙なものであることの方が、いくらかわかるやうです。能面の典型化された具象性の迫力、さびた謡ひの悠揚たる音調、動きの極めて少い舞踊、それらが複合されて、形式感を意識させないほどの、内面的な精神性のリアリズムを實現します。實は少々退屈で、ひるま校正に疲れた眼は自然に重くなり、瞬間うとうとしたこともあつたことを白狀しておかねばなりませんが、併し万三郎の至藝は、表現意識を越えた表現の中に、時間の觀念を忘れさせ、更にその動きの少い動きの中に、限りなく醸されてゆく想像の補充を可能ならしめます。能の演劇としての特質が、單純の中に複雜を含蓄し、外形の簡素を豊かな想像で補はせることにあるとするならば、万三郎の藝はその點で大きな成功を収めたものだと言へませう。

ここで、「藝」とは何か、といふ問題を考へます。日本の古典藝術にとつて、「藝」は非常に大きな意味を持ちます。新しい理論家によつて、「藝道イデオロギー」などと言はれてゐます。それは、形式に對する飽くことのない探求が、つくり上げられた傳統への執心を通じて、長年の鍛錬によつて性格的に蓄積されてゆく過程に結晶する精神的なものだと僕は考へます。これについては異論もあるでせうし、現在「藝」の極致に達し得たとされてゐるいはゆる名人が、案外卑俗にそれを體現してゐる場合も見受けられます。殊に形式に對する執心のあまり、それが異常な偏執に陥つてゐるのは、よく見られることですが、それは封建的なオリジンに低迷してゐるに過ぎないともいへるでせう。そんなものでなく、內面的な精神の鍛錬性といふことを「藝」の眞義と解するならば、古典藝術の形式が抑塞的に作用するとしても、超時代的な藝術理念の實現への努力が、いつまで經つても淸新さを失はない課題となるでせう。形式がきまつてゐるといふことは、藝術精神にとつて宿命的な悲劇ですが、それでもその桎梏を越えて、超時代的な理念の實現と、而も現代の精神的達成とを、共に成就する可能性があるのではないかと思ひます。それが「藝」の積極的な意義ではないでせうか。さういふ點で、能は歌舞伎や文樂と同樣、過去の遺物として博物館の硝子箱の中にしまはれるべきものでなく、まだその理念によつて、現代日本の藝術に示唆を與へうるものだらうと思ふのです。

「西行櫻」が終つて、間狂言に移つたので、通人ぶるわけではないが、休憩を求めて廊下に出ました。武村も、にこにこ笑ひながら現はれました。和子は、遠慮したのか、それとも狂言を演劇研究の資料にするためか、席を立つて來ませんでした。

「万三郎は實に退屈だね。俺は眠くて、時々『おやぢ、もういい加減に、引つこめ』と怒鳴りたくなつた。さういつた方が、正直なんぢやないかい。退屈なところがいいんだ、と玄人は言ふかも知れないが……。」

「俺もその通りさ。だが、やつぱりいいと思ふな。かういふのが、能なんだらうな。」

「さういつてしまへば、おしまひだ。だが、懷疑を起す餘地はあるぜ。」

「確かにね。併し、能の形式は演劇として實によく出來てゐるね。アヒが、シテの再登場を準備する繋ぎなんかも、形式には墮してゐるが、うまいもんだね。」

暫らく話してゐるうちに、狂言が終つて「天鼓」が始まる様子なので、我々は別れて席へ戻りました。

「天鼓」の筋は、支那の物語で、鼓にかけては天才的な少年が現はれるが、皇帝が召して秘藏の名鼓を打たせようとしても、逃げ隱れて承知しないので、皇帝は怒つて河に沈めてしまふ。能は、それまでを前提とし、悲嘆にくれてゐる亡少年の老父を徵して、これを慰撫し、少年天鼓の靈を弔する祭式を行ふことを前段とします。後段は、その祭に動かされた少年の靈が現はれ、純眞淸明なよろこびに溢れて舞踊し、その名鼓を打つて天籟の妙音を發するといふことになつてゐます。シテの觀世鐵之丞が、老父と少年とを演じ分けます。万三郎に比べると、內面性に缺けるところがありますが、その演技を越えて、惻々と迫つてくるものがありました。後段、少年の無邪氣な亂舞があつて、支那デスポチズムの重壓が、一層如實に感じとられるのでした。僕の眼には淚が湧きました。

終つて、僕は武村夫妻に別れを告げ、和子と並んで寒風の吹く街を步いてゆきました。別れるまで、別段の話はありませんでした。二人共口少なに、めいめい何かを考へてゐるだけでした。

（つづく）

われ若き日

柴田錬三郎

心も空にうばはれてものゝあはれを知る人よ、今わが述ぶる言の葉の君の傍《かたへ》に近づかば、心に思ひ給ふことといらへ給ひね、洩れなく綾にかしこき大御神「愛」の御名もて告げまつる。

――ダンテ・アリギエリ――

私は、學生として最後の夏をすごすべくこの村へ歸つて來た。私は、この生れ故鄕で送る幾日かの倦怠《アンニユイ》が、――それは東京のいらだたしい、何故か切端つまつた感じの倦怠《アンニユイ》とは全く趣きを異にしてゐる爲に、好ましく思はれたのであつた。が、倦怠は矢張り倦怠に相違はなかつた。

私は、五年前も十年前もすこしも様子を變へてゐない見馴れた田舎の風物の中に、不思議なことに今年だけは自身を置くことがちよつとそぐはないやうな、いはゞこれを他國人の意識とでもいへようか、それをおぼえたのであつた。故郷へ歸つて來て、鄕愁をおぼえる――こんな妙な逆說があるかも知れないと、私はふと考へたのである。ひよつとすると、私は、もう故鄕をうしなつてしまつたのかも知れない……。

私は、私の惡い癖を知つてゐる。私は今年の夏支那へ行く積りでゐた。これは、私の籍を置く科の連中との一年も前からの約束であつた。そして私は、どんなに北京のヱキゾチズムをあこがれたことであらう。だのに、私は、いざとなつて友人を裏切つて不參加を申出た。不參加の理由は、身體の衰弱に依るものであつたが、すこしも私の身體は北京滯在に差問へはないのであつた。ありていに云へば、私はこの旅行費が惜しくなつたのである。私は、この旅行費の三分の一を割いて身まはりのものを買つてしまつた。そして、二三の文學仲間と赤倉で家を一軒借りる計畫をたてたのである。私は、赤倉に於ける一ケ月間の生活をいろいろ思ひめぐらせて、出發する前の一週間ばかりいつもそはそはしてゐた。ところが赤倉へ來て五日も經つか經たぬ裡に、私は、もう故鄕へ歸ることを考へはじめてゐたのだ。

私は、どういふ風に友人へ辯解して赤倉を遁げ出さうかと、あれこれと勝手な文句をつくつたものである。それでも、二十日ばかり我慢した。

私を迎へた母と祖母は、かはるがはるこの村におこつた數々の話題を喋つてきかせた。

私が赤ん坊の頃よく背負つたり抱いたりしてくれた男が、金刀比羅參りで惡い病氣をもらつて來て女房にうつしてしまつた。誰に會つても「お父さんが、お父さんが」と自分の亭主を引合ひに出す癖の女が、肺病になつてから五貫目も肥えた。私の小學校友達が、腿に彈丸をうけて戰死した。七十五歲の老人がとぼけて、まだ明るいうちに雨戶を閉めて家族が寝なければ承知しない。女の狂人がゐる。子供が死んで嫁ぎ先から歸されると、跣足であるきはじめた。塵埃場の魚の頭を噛つてゐたといふ。村會議員が、煉瓦工場に失敗して、一時姿を匿した。その息子が、自動車にはねられて大怪我をした。

私は、これらの事實を、ひどく興味なげな合槌をうつてきいた。

歸つて來て五日ばかり經つた午前、私は、思ひがけなく、東京の從妹から手紙を貰つた。私は、あやしい胸騒ぎをおぼえた。

……突然こんなお手紙を上げて變にお思ひになるでせうね、でも、どうしても書かなければ、昨日ある人と見合みたいな事をしましたの、それから後の私の氣持、私は初めてあなたに對する私の心の中を知りました、あなたのお姿が、深い蔭を宿してゐる事を、私は今これを拭ひ去つて新しい方向へ出發する事は出來ません、何時か六月に、思ひがけない御心を打ち開けて下さいましたわね、あれはほんの一時の退屈のあまり出たあなたの氣紛れではなかつたのかしら、私の醜い性質を皆御存知のあなたが、あの樣な事をおつしやらうとは、どうしても信じられなかつたのです、そして素氣ない態度をとりました。今はげしい後悔の念におそはれて居ります、今はもう、あなたの御氣持は遠いところへ逃げてしまつたのか判りませんわね、若しさうでしたら、私はどんなに苦しみ嘆く事でせう、私の淺墓な心、きつとあなたは嫌惡を感じていらつしやる事でせう、私は人に愛して貰へる價値のない女です、でも今は心の奥深く、あなたをお思ひしてゐるのを知りました、「この思ひを青春の一ペイジとして終らしたくない」つてあなたはおつしやいましたわね、その時の私の返事は如何でしたでせう、私はお詫びします、最初自分で破つておいて、又今日自分勝手な事を云つてゐる私、でも今初めて目が醒めた様な氣がします、今一度、あなたのいつはらない眞實の御聲をお聞かせ下さいませ、私はそれで自分の行く道を定めます、唯一時の心の迷ひでしたなら、私の弱々しい心をあはれんで下さつての御返事ならば要りませんの、何時か日ならずして厭氣がさすかも知れない、とお思ひでしたら、はつきり斷つて下さいませ、私は途中で抛り出された時、二度と立ち上る力のない者です、

眞面目な氣持で、私を生涯の伴侶として選んで下さる、とおつしやつて戴きましたら、どんなに嬉しいか、こんな事を書いてあなたはずいぶん重荷を背負はされた様な御氣持がなさるでせうね、私は決してあなたのこれからいらつしやる道を暗くして邪魔する氣はございませんの、

どうぞ私の行く道を示して下さい、それが私にとつて辛い方向でもかまひません、

昨夜その人と逢つてゐる間、始終、あなたの事のみが思はれました、そしてあなたが私の手のとゞかない所へ逃げてお しまひになつたやうな氣がして悲しうございました、不安と焦躁で頭が混亂して居ります、氣狂ひみたいな事を書いてごめんなさい、御返事をお待ちして居ります、

私は、讀み了へて暫くの間、ぼんやりと机の前に坐つてゐた。意識せずして莨に火を點けてゐるのに氣づくと、私は立つて行つて、臺所の母をつかまへると、いきなり、僕はS子と結婚する、と云ひはなつてゐた。私の唐突な言葉は、母をすつかり面食らはせてしまつた。それといふのも、從妹の文中の見合相手は、母の方からすゝめた結果であつたからである。

私はつづけて、S子は僕を愛してゐるんだ、これはもうどうにもならない、と云つた。この時、私は、母の面にかすかな羞恥の色が掠めたのを認めた。「愛する」と眞正面に切り出されると、母の年齢の世界では、鳥渡まぶしいたじろぎがあるのだ。さういふ感情は、すでに遠く過ぎ去つた紙のやうに、うすいファンタジィなのだ。

私は、母のばつの悪さうな表情を眺め乍ら、猶早口に自分たちの愛情を口にした。私は、かういふ眞劍な場合でも屢々冗談めかした口調になつたり、芯の太さうな言葉をづけづけ吐いたりするのであるが——さうした態度が自分の小心や神經質を逆に物語つてゐるのであらうが——、今は、私はそんな餘裕のない程はげしく興奮してゐた。

母は、自分の失敗でも辯解するやうに、それぢやお前達は一緒になるよりほかはない、と遠慮がちにこたへてゐた。私は、その言葉でも不服だといつた聊か肚だたしげな樣子を裝つてゐた。私は、あきらかに、このよろこびにこたへてくれるにはあまりに落着いた母の態度がもの足らなかつたのだ。

私は、再び机の前へ戻つて來ると、すぐ從妹へ返辭を書き出した。書くことを豫め考へてゐるひまなどなかつた。また私は書くことをゆつくり考へまとめようとして、自分の常の小說を書く時の虛構に近づくことをおそれたのであつた。

小說は虛構であつて一向差しつかへはない。いやむしろ虛構であるべきであらう。しかし、愛情の手紙に微塵の「小說的ポーズ」があつてはならぬ。それでなくとも私たちの文章は先づデティルが先に立ち、觀念が出しやばりすぎる。

私は、書き上げて讀みなほしてみて、はじめて自分が創作の道にふみ込んだことを後悔した。私は、もはや個人に對する文章は書けなくなつてしまつた。私は、眞實をあるがまゝの眞實としてつたへる純粹を喪失してゐる……。それにひきかへて、S子の手紙は、私にのみ通じる悉くの眞實をもつてゐる。この純粹は、あらゆる現實の中に最も尊くかゞやく寶石にほかならない。（私は、愛するが故に誇張していふわけではない。S子の手紙が私以外の人の胸をうつことがあつてはならぬ。眞實はそれだけ苛酷である。純粋の廣さは萬人の心を打つといふ意味ではなくて、一人の人間の心の中で無限のひろがりをするといふ意味なのである。廣さは同時に深さでもある筈だ。それはもはや「言葉」ではなくなつてしまつてゐる）

私は、こゝで從妹との今までの經緯を記す必要を感じない。

私は、たゞ、從妹が、こんなにまでも強い愛の手紙を書く女性だとは、夢にも思つてゐなかつたことを記しておけばいいのだ。從妹は、私の知つてゐるかぎり、內氣が性格を消す程ひかへ目に生れついてゐた。私たちは、私が大學へ入るまでは殆ど言葉もろくに交したことさへない間柄であつた。また、母のゐない家庭の長女としての彼女の役割は、所謂世間向きのお孃さん生活をより多く割引きしたものと考へられる。

私は、銀座好みのお孃さんを一人ならず知己にもつたが、私の心の奥には始終從妹と比較して行く意識が知らず知らずにあつて、勿論私も若い男であるからには、派手なお孃さんたちのさまざまな匂ひの香水をまきちらしたやうな雰圍氣に魅せられないこともなかつたが、それは決して私が從妹を思ふ上にさまたげになるものではなかつたのである。ある時々に接する別の階級の女たちも、私にとつては行きずりの他人でしかなかつた。私はしかし他の女性と戀愛をしなかつたとは云はない。とはいへ、この戀愛はもの丶三週間もつゞかない程遊戯じみた熱つぽい性質をおびてゐたのである。やがて私は、だんだん知合ひの女性たちの前から遠ざかるやうになつた。會つても會はなくてもいゝやうな異性は、私の次第にきりつめられて來た學生生活では必要を感じなくなつて來たからである。

この間の私と從妹との仲は、淡水のやうに透けた、あるひは細い白い途のやうな平坦なものであつた。

私はS子へ返辭を書き送つた後、とり憑かれたやうに茫然とした時を過ごした。周圍の風物はすつかり他國になつてしまつた。おかげでいつもの如き倦怠《アンニユイ》はあとかたもなく消えうせてしまつた。

私は、縁側へ出て庭や青田や黒い山をいつまでも眺めてゐた。その實眺めてゐるのではなかつた。遽にふつと胸が痛むのであつた。すると私はいきなりわけのわからぬ節で唄ひ出す。あるひは、出鱈目な歌を口にすることに依つて腦裡一杯にあふれた思ひを中斷するのがひどく惜しまれて、さうなると私は何故か不安な苛立ちにおそはれてゐたのであつた。讀書するのもこの今の滿ち足りた心を無駄に費すやうな氣がするのであつた。

夕餉を攝ると、私は散歩に出た。私の經驗では今日の孤獨な散歩ぐらゐ無心でゐたことは曾てない。私は、たゞ無性に長い間あてもなくあるいてゐたい思ひを抱いてゐた。

細い川と青田に挾まれた道を通りぬけて、果物問屋の倉庫を曲ると、狹い港灣がある。七八艘の舟がひつそりと人氣もなく屯してゐた。こゝから勾配の急な山に沿つて、長い道が曲り曲つてつゞいてゐる。

私は、この親しい内海の海邊をいくど小説に書いたことであらう。

ふかく入り込んだ灣の幅は一町もないであらう。中央に黒い砂地が浮き上つてゐた。向ひの海邊にぽつんぽつんと立つてゐる家々は、昔かはらぬ穩かななつかしい姿をたもつてゐた。風は纔かに出てゐたが、莨を吸ふために點けたマッチの火を消す程の力はなかつた。備前凪といつてゐる靜けさである。

この道の行きつまつた所で更にいまひとつの廣い灣へ出る。右手の濱沿ひには、こゝ四五年のうちに急に建てられた煉瓦工場と流炭工場が竝んで、社宅や雜貨店や小料理や、巡行船の待合所や、ごたごたと賑つてゐて、この村でこの場所だけは全く面影を一變してゐた。私は、その方へ行くことをきらつて、道端の石へ腰を据えた。一日の炎暑の下の仕事を濟ませたポンポン船が歸つて來た。親子らしい眞黒な逞しい身體の二人が、魚網の綱を曳いてゐた。

——散步ですか。

不意に聲を掛けられて振り向くと、私の屋敷の裏手にあたる家の娘が笑つてゐた。洋服に下駄ばきで重さうな包みをさげてゐた。煉瓦工場の事務員をして、出征した弟の家族をその細腕にさゝへてゐるのであつた。

私も微笑をかへして、今頃の此處はとてもいゝと云つた。

私は、娘がすこしもじもじしてゐるのを見ると、わざと離れてゆつくりあるき出してゐた。一緒に歸るのは、私の今の孤獨な心が宥さなかつたのだ。

暫く海面を眺めてゐて、振向くと、娘の姿は彼方のすこし突き出た地點を曲りかけて、ちいさくなつてゐた。私は、彼女の品行についてのよくない噂などをなんとなく思ひうかべてゐた。

私が、やがて、來た道を引きかへして行く頃、もうあたりはほんのりと黄昏がふかまつて蔭を濃くしてゐた。たゞ、海面がまつ白になつて、無數のちりめん皺をよせてゐた。それは、光つてゐるのではなかつた。柔かい薄絹のやうな色であつた。私が港灣に辿りついて見渡した時には、もう白色は灰色に變つてゐた。

私は、六月のある日、從妹に突然求愛をしたのであるが、それは決して偶然チャンスをとらへた爲ではなかつた。私は東京へ出て來てからずうつと彼女の家に寄宿してゐたのであるから、チャンスをつくるとかつくらないとかは、さういふ下心があれば問題ではなかつたのである。

私の從妹に對する愛情がいつ頃それとはつきり芽生えたか、自分でも漠然としてゐるし、性格破産的な私の精神が、この愛情だけは唯ひとつ終始一貫した純粋さをもちつゞけ得たと誇り得るものとして、きつぱり自分へ云ひきかせることが出來るのである。

しかし、私は、最近になつて時折彼女に對して心の裡でメフィストになるやうになつた。このはげしい愛憎ふたつの感情は、私がようやく創作と生活との見苦しい折衝面につきあたる立場に立つたのと切離し得ない關係をもつてゐたかも知れない。私は、敢へて追究したわけではないが、世の一般の學生同樣に、自分の今佇んでゐる場所と眼前を流れて行く現實の間の悲しいのつぴきならぬ距離へ不安と焦躁の瞳を投げないではゐられない一人である以上、思ふことと行ふこととは全く背中合せになる例も屢々おこつたのである。

私は、從妹への愛情をより一層ふかめて行くと同時に、一方では並の學生なら呆れかへる程の怠惰な遊蕩兒の生活をもちつゞけたのであつた。

私は、從妹から求愛を素氣なく拒まれた時、それを豫期してゐたものの如く項低れた。私は、あの時の氣持を記す勇氣がない。あまりにも慘めな敗北であつた。そして、この爲に私は何を與へられたか。私は何も得なかつたゞけなのだ。私と從妹との間は、再び相不變坦々たる白い道のやうに平和であつた。

私は、夜になると、この村で唯一つの娛樂場である玉突屋へ行くしきたりをもつてゐた。こゝは、この村の風俗の縮圖といつてよかつた。私は、こゝのすこし下品で粗野で、屈託のない明るさに滿ちた空氣を、なんとなく好んだ。一臺の玉臺で六七人も、多い時は十人以上も突くのであるから、待つ時間の方で夜は更けてしまふのである。が、私はすこしも退屈な思ひをしないで濟んだ。部屋の中には一分間もの沈默はなかつたからである。野次が絕え間なくとびかふのである。

金儲けの話、戰爭の話、女の話、冠句の話、人の噂、骨董物の寄合ひ、野天芝居の下相談、等々。この村の連中は、そろつて陽氣な揚足取りが巧者であつた。

私は、憖に彼らの中にあつて他國者であつた。私は、殆ど口を緘んでゐた。また彼らは私にだけはどことなく遠慮がちでもあつた。私は、時に苛々するくらゐ彼らの仲間に割り込んで高らかに野次をとばして下卑た笑ひをあげたかつたのであるが、決してやり了せる度胸はなかつた。私と彼らとは永久に共に住むことの出來ない別々の世界に棲んでゐるのだ。

私は、赤倉ですごした友人達を、ぼんやり番を待つてゐる間にふと思ひうかべずにはゐられなかつた。友人達は、いゝ意味でリファインされた銀座人種である。うがつた機智と氣品のある微笑をもつてゐる。美しいお嬢さん方の華やかなグループでアスパラカスをつまみ乍ら、ヨハン・セバスチァン・バッハを語る資格の所有者である。

ミュッセとベートウベン、エッケハールトの戀物語と羅馬のコロセニム、ミュンヘンビールと「クロイツェル・ソナタ」、カザリンヘプバーンとロンブロゾーの骨相學、啄木と夢を食ふ貘、トルコの神話と早慶戰、ドラクロアと戀愛道のエキスパート、夢遊病者《サムナンベリスト》と旅の思ひ出、等々と後から後から整理もされず自由放奔に、コロンバンの二階の明るい陽差しを受けたコーヒーの強い香のたちのぼる中にとり交される、瀟洒な青春のインディビジュアリズムの會話……。さうしてこの粗末な部屋で、海邊の酌婦の品定めをしてゐる陣笠諸君《ランク・アンド・ファイル》に交つて、白玉赤玉の廻轉方則をはかつてゐる私……、たゞそれだけの事なのだ。この比較が、人生のアッファ・オメガを象徴してゐるものなら——私は今世界中で一番幸せ者だらう。

私は、兎も角、この玉突屋では一番高點者であつた。しかるに、私は、從妹から手紙を受け取つた日の夜から、奇妙に當りが停止してしまつたのである。どんなにあせつても、あせればあせるだけ私は負つゞけた。この勝負は「かべり」と云つて、六人突からが七人突からが一人だけのこして上ればよいのであつた。のこつた一人が皆の玉代を一手に引受けることになるのであつた。私は、始終一人のこつて皆の玉代を拂つてやらねばならなかつた。

皆は、小氣味よさゝうなずるい眼眸で、私の脆くも負ける様子をひそかに眺めてゐた。それまでは、彼らは悉く赤ん坊のやうに私に飜弄されてゐたのである。

私は、その癖、誰かれの上べだけは氣の毒さうな言葉をかけられつゝ、すこしも口惜しくなかつたのである。

――おれは、S子に愛されてゐるんだ。

私は傍の田舎者をとつ摑まへて叫んでやりたかつた。この男はどんな間抜けな顔をするだらう。

私は、何故か、この次にはじめてS子と逢ふ時のことはすこしも考へなかつた。私の心は、それ程いそいでゐたのかもわからない。私は、S子と二人つきりの家庭のことばかりあれこれと空想して多くの時間を過ごした。なんといふたのしい空想であつたらう。遠からず實現されることの空想であつたから……。いつてみれば、明日の生活へ心を解き放つて、現在の自分を全き無能者に仕終うせてゐるのを青春と名づけられようか。

私の孤獨は青春の孤獨なのだ。

誰かも云つてゐたやうに、若い人がぼんやりひとりでゐる時、たいていは異性のことを腦裡に思ひうかべてゐるものである。その顔は美しい。

S子は二三日中に、家族と一緒に盆の墓參の爲め歸つて來る筈だ。

私の孤獨の日記もおしまひにしなければならぬ。

釣狂記（三）

田木　繁

なるほど晝間の三吉の生活は安定してゐた。もはや一人前の釣師になりきり、聊かの悔ひも無いやうに見えた。が夜になつて、尙もかう言ふ三吉が頭を擡げるとすると、いくらかでも性懲りぬ三吉が殘つてゐるとすると、その中それは晝間の生活のどこかで頭を擡げるに違ひないものであつた。そして晝間の生活の中で頭を擡げる限り、それはいづれにしても叩き潰される外のないものであつた。

この案じられてゐたことは、間もなく三吉の毎日の土手歩きそのものの中で起つた。そこで日常的に繰りかへしつゝある釣魚の技法一般に對する反省の形で現れてきた。

この釣魚と言ふ技法、まづその歴史性について考へるならば、アイザック・ウォールトンの昔も今も變りはない。彼はそれはアダムの子セスの發見したもので、その後世々これを傳へ、後代アントニーやクレオパトラのやうな榮華を極めた人々も、何よりの氣散じの方法にしたと書いてゐる。次にその蓋然性について考へるならば、廣い川の中にたゞ一本の絲を通じると言ふことは、たとへあらゆる經驗から推しはかり、魚の引きよせられずにゐられぬ好餌を以てするにしても、それの漁獲は知れてゐる。

「釣魚大全」を三吉は苦笑を伴はずして讀むことが出來ぬ。「ウグヒは釣り易い魚です。それは初心の人の手ほどきに持つてこいです」（第三章）、「鯉殊に川の鯉を釣るには非常な忍耐を要します。それは朝早くかもしくは夕方暗くなつてからでなければ、その上一兩日前から十分寄餌をしておかねば、釣れません」（第九章）。ウグヒは三百年前のイギリスに於ても、今日の日本に於ても同じやうに愚かだ。それに反して、鯉は同じやうに賢い。して見ると、何百年來、更に何千年來、同じやうに絲を垂れつゞけてゐる人間は一體どちらなのであらうか？

このやうにして、毎日川緣に坐り、鮎釣りの絲を垂れてゐた三吉が、目前の流れの中を歩きまはり、網漁をしてゐる人人との比較に關する考察を、知らず〱の内に突きつけられつゝあつたとしても、決して不思議はない。

網漁の中で最も簡單な方法、とあみ。魚籠を一つぶら下げた人が拔足差足淵の肩のところに近寄る。腰をひねつてパッと空に圓を描く。網が水面に落ちるが早いか、綱尻を口に啣へたまゝ、自分も水中にとびこむ。急いで周圍部を押さへてまはる。二三尾乃至七八尾の魚を逸すると言ふことはない。

淵又は溜りに用ひるあんどん。まづ魚の最も多く集つてゐると思はれる箇所を、岸から出て岸に歸り、半圓形に包んでおく。もはや魚はどこへも逃げられぬ。一番深い岩の間へ集まり、身をすくめてゐる。褌一つになり、水中眼鏡をかけた男が、手に手に小さな手網を持つて潜る。一潜り毎に、必ず二三尾魚が手網の中で跳ねてゐる。淵中の魚はまたゝく間に残りなく浚はれてしまふ。

瀬をのぼる魚の性質に眼をつけたことだか。瀬から淵への落ちこみのところへ流れを横切つて二三尺おきに杭を打つておく。高さ一二尺のかけあみを次々に渡して行く。淵に近づいた急深の片隅など、念のために二重に張つておく。瀬から落ちてきたのがこれにかゝる。手前までやつてきて氣附き、クルリと方向轉換する奴がゐる。二三人勢子を使ひ、上流から石を投げ、次々に追つて來させる。水の暖い淺瀬ではねあがつたり、岸に泳ぎよつたりしてゐた魚達は俄にあはてふためき、深いところさして驅け下る。夢中で網に頭を突つこみ、あちらでもこちらでもバタ／＼しはじめる。

網漁にあつてはもはや魚の一屬性、食慾の埒内に止まらぬ。その自然的性質一般からの制約は免れ得ぬにしても、はるかに廣汎な氣質、性狀等を目標に置く。そして向ふから魚の寄つてくるのを待つかはりに、こちらから人間が近づいて行く。言ひ換へれば、立役者として魚でなく人間が登場する。しかもその人間は今までのやうに思索する人間、個人的な人間でなくて、行動する人間、集團的に共働する人間となる。それとともに、それに使用する道具は次第に發達し、迅速且大仕掛なものとなる。三吉は曾て沖で見かけた二つの四挺艪が兩方から調子を揃へて漕ぎよつて包んだ鰯網や、潮流と風向を考へ、何十町と言ふ間をところ／＼に赤靑ランプの浮標を浮かせながら、かけあみを沈めて行つた秋刀魚網の場合を思ひ起こさないでゐられぬ。

もう阿呆らしくて、釣魚などしてゐられぬと人々は言つた。阿呆の繪を描けと言はれたら、釣りする人の繪を描いたとも言つた。事實眞面目に考へるときは、日がな一日一筋の絲になど頼つてゐられぬ。喰ふか喰はぬは相手任せの、のんきな仕事などしてゐられぬ。

が尙も三吉が網漁に赴かなかつたのは？　何よりもそれのハッキリした釣漁との相違のために違ひなかつた。さう言ふものから逃げなければならぬことが分りすぎたために違ひなかつた。それを突きすゝめて行けば結局何處へ行くか？　行動する人間、社會的な人間の一人にならうとは今更考へぬ。自らが主人公になつて登場することなど思ひもよらぬ。今の彼は魚にとびつきたい積極的な慾望よりは、魚にとびつかれたい受身な慾望を意圖してゐるのでないか？　それの何者にも侵されない原始的な衝動に思ひのまゝ自らを蹂躙させることに、この上もない喜びを感じてゐるのでないか？

　がやがて引つかけの季節になり、今まで思ひもかけなかつた光景に眼のあたり直面すると――

　秋も終りになると、一旦上流へのぼつた鮎は腹を卵で一ぱいにして、再び下流の人々の前へ落とされてくる。同時に十月十日から向ふ五十日間、横手より上流二百米の地點からF驛前に到る區間が禁漁區となる。従つて鮎漁の出來るのは、たゞ横手を中心とする上下數町の間でしかない。殊にその年のやうに早く大雨が降つて、堤と堤との間が海になる位濁水が出たときなど、上流のすべての魚達は一度にどつと下流へ落とされる。それにつれて近郷近在の人々が引つかけをやるために、すべてこの地點へ集つてくる。それはもはや今までの釣師達の仕事ではない。そのやうな小手先の仕事、個人的な仕事ではない。主として平常釣魚などしたことのない百姓達がいきり立つ。われもわれもと、忙しい野良仕事をそつちのけしてやつてくる。竿を二三本に折つてたゝみ、バンドを通した魚籠を一つ腰にぶら下げ、何里もの川堤を自轉車で下る。場所を見はからつて、竿も四五間もの長さに繼ぎたし、胸のあたりまである瀨の兩側に立つ。何萬匹何十萬匹の鮎が既にこのあたりに充滿してゐる。しかしそれの立つ（産卵のために出てくる）場所は限られてゐる。一旦流しおとされながらも、それは瀨をさかのぼり、きつい流れによつて砂礫の返され、水垢のおとされた表面に卵を産みつけようとする。まづ雌が礫に腹部をすりつける。雄が追ひかけて行つて、尾鰭でぶちあたりながら、白子をその上に浴せかける。その間はこの敏感な魚もわれを忘れてゐる。そこをめがけ、兩側に立つた人々が長大な竿を振りかぶる。鈎を何段にもぶら下げた道具を繰りかへし、濁水に叩きこむ。忽ち一尺近い奴が、時には二三尾も一緒にあがつてくる。黄色く濁つた水の中から赤く變色した身體を打ちふりながら、ボタ〳〵あたり一面に卵を撒きちらしながら。

それはもとより釣魚ではなかつた。本質に於ては網漁と同じことであつた。それはたゞ鮎の立つ、一箇所へ集まつてゐれを忘れると言ふ生理現象だけを前提にしてゐた。そしてそれを引つかけると言ふことは、人間の意志、暴力に外ならなかつた。

がそのときは既に毛鉤の少しも用をなさぬ時期になつてゐた。三吉がこれまでの樣々な經驗を思ひ出し、すべての鉤を次々に試みたにも拘らず、少しもあたりがなかつた。淵頭へ行つたり、淵尻へ戻つたり、瀨の早いところへ向つたり、緩いところへ引返したりしてみたが、無駄であつた。とつておきの黑白だんだらの鉤や、製造元によつて落鮎專用と銘打たれた灰色の鉤を使つてみたが、無力であつた。足下の淵で無數にうねりくねつてゐる魚達は、何かに追はれてゐるやうに打連れてあつちへ走つたりこつちへ走つたりばかりしてゐる。

そして精も根も盡きはて、グッタリ岩の上に腰をおろした三吉の目前の流れの中では、尙もつゞけて人々は魚をあげつづけてゐる。しかもそれらはすべて毛鉤では釣つたことのない、それどころか見たこともない大物ばかりだ。中には大きな竿にかけられた大きな魚の重みのために、タタタタッと人々の間をくゞつて、下流へ引きずられてゐる男などもゐる。

次第に三吉の焦躁は募つて行かずにゐられなかつた。果ては三吉一人あくまで毛鉤に執しつゞけることは、もはや人々の嘲笑を招くことでしかないとさへ感じられてきた。

加ふるに、人々の中には時ならぬ昂奮が湧きおこつてゐた。人々の一人々々は魚に對しても、お互同志に對しても、殺氣立つてゐた。既に落鮎の狂氣は人々の心にまで乘り移つてゐるやうに見えた。如何にして三吉一人いつまでそれの外に超然としてゐられるか？

遂に今までの竿の下に物干竿を繼ぎ足し、人々と同じやうにゴム長靴をはいて、出掛けて行つた。それはたとへばあの一人のインテリのやり方に似てゐた。それまで街頭へ出たことがなかつた。書齋の中にとぢこもつて、實驗室的な仕事にばかり沒頭してゐた。そこへ一度時が到つた。もはやこんなことをしてゐられぬ。人々の中の一兵卒となることを決意した。同じやうな一本の竹槍を握つて出かけて行つた。がその結果はどうであつたか？　およそ目もあてられぬ爲體と言ふ外はなかつた。滔々と川幅一ぱいに流れてゐる激流、一歩踏みすべらすと、身長の二三倍もある深處に流しこまれ、生命のほども保證出來ぬ。その境目のところに踏みとゞまり、長い竿を振りつゞけることは。見る〳〵冷い晩秋の水は脛の上から腰のあたりまで浸みこんでくる。四五間、三四百目もある竿はそれを振りかぶるごとに、あちらへフラ〳〵、こちらへフラ〳〵する。なか〳〵狙つた場所へ打ちこめぬ。それにそこにゐるのは三吉一人ではない。最もよくかゝる落ちこみ際の一點めがけて、次々に人々が押しかけてくる。左右の人々とは四五尺も離れてゐない。潮の向ふ側にも同じやうに人人がくつつきあつて並んでゐる。從つて上手の方から、順々に代る〳〵打ちこんで行かねばならぬ。向ひ側の人とも入れかはつて同じ場所を叩かねばならぬ。少し早すぎると、一つ前の人に引つかゝる。遲すぎると、後の人に先を越されてしまふ。

あつと言ふ間に、三吉の道具は二つ三つ距つた向ひ側の人のに縺れあつてしまつた。「前方に眼がないのか？」誰かの氣色ばんだ聲に思はず顏から火を發した。なるほど人々の素人のまぢるのをいやがると言ふのに無理はない。それは單に引つかゝつた當事者だけの迷惑に止まらぬ。鈎の縺れを解く間、ぐるりの人々はすべて戰ひを中止して待つてゐなければならぬ。それにしてもと、三吉は自分自身に鞭打ちつゞけた。やつとの思ひをして、こゝまで出て來たのでないか？　遂に人々の間に竿を並べて立つたのでないか？　彼もまた膂力人に秀れずとは言へ、男の端くれ、おいそれと引きあげるわけに行かぬ。いやでも頑張りつゞけねばならぬ。がさう云ふ努力にも拘らず、彼の道具にはその後も殆ど手應へがなかつた。流れの早さと、錘子の重さとの關係が正確に測定出來ないためであらう。輕くすると、徒に表面を浮いて流れ、重くすると、石塊ばかりを引つかけた。鉤先をいくつも缺いたり、絲を途中から振りきつたりしつゞけてゐた。揚句の果、俄かごしらへの竿の先端を飛ばしてしまひ、這々の態で逃げかへつた。

かうして季節はいつか秋の終りと言ふよりも、冬のはじめになつてゐる。一年中で魚の最も餌につきにくい時期がはじまつてゐる。

が三吉は相變らず毎日やつてきて、川縁へ腰をおろしつゞけてゐる。但し近頃は横手の上の淵の、時々二三尾打連れて泳ぐ姿の岩の間に見受けられる鮒をめがけて。

あれ以來、彼は全然流れの方へ眼を向けようとしない。鮎は、それが如何に大きな、卵でふくれあがつたものであらうとも、立てつゞけに人々によつて釣りあげられようとも、全く彼の關心の外にある。ひたすら眼をこの目前の、いつになつたら喰ひつくか分らぬ小鮒の上に釘付けにしつゞけてゐる。

それは最初の内は彼にとつて甚だ苦しい努力に違ひなかつた。が間もなく水が靜水にかへるとともに、鮎は全く立つことを止めてしまつた。それとともに、今はそれを目がけ瀨に立つ人の姿も見えなくなつた。まして季節外れの鮒を釣る人など全然現れない。たゞ三吉と、その外に綿入れのチャン〳〵コを着こんだ老人を除いては。この老人には、一度ひどい劍突を喰らはされて以來、出來るだけ敬遠主義をとりつゞけてゐた。五六間と離れぬ場所へ腰をおろしながら、お互に滅多に言葉を交さない。前方向いて餌をつけかへては、道具を投げこみ、同じやうなひとりごとばかり繰りかへしてゐる。

「さつぱり喰はん！」

「まるで觸りに來るものがない！」

浮木の位置を直しては、煙草に火を點じ、又誰に言ふともない言葉をつゞけてゐる。

「こんなことではまるで何をやつてゐることか分らん！」

「もういよ〳〵明日からは止めやで！」

が翌日になると、二人はやつぱり同じやうにやつてきて、顏を合はせる。全然漁獲はないながらも、尙も一縷の希望を失はぬのだ。今日は昨日と違ひ、少し空が薄曇りだ。こんな日には或ひは喰ふかも知れぬ。午後になつて少し風が立つてきた。これは必ずよい影響を與へるに違ひない。そしてそれ〳〵にこつそりと、少しづつ工夫を改めて來てゐるのだ。こんな喰ひの悪いときは、蚯蚓より細く小さな赤子の方がよいかも知れぬ。糠團子に少しさなぎ粉を加へてやれば、必ず喰氣を刺戟するに違ひない……

ある日、珍らしく脇本氏がやつてきた。三吉の長らく釣りつゞけてゐた横手の下の、流れのある淵に立つて、毛鈎道具をあげさげしはじめた。そこの深みに少しばかり殘つてゐる鮎に眼をつけたのだ。三吉は勿論百萬人の味方を得た思ひで近寄つて行つた。

「私も隨分色々やつてみたが、さつぱり手應へがないのですが」

竿動かす手を止めて、眼鏡越しに脇本氏は三吉の顏を見返した。それは話の內容に信をおきかねると言ふよりも、意外に熱心な三吉の態度を改めて見直すと言ふ風であつた。

「いや、落鮎は一旦釣れ出すと、そんなに難しい筈はない。二三年前の、それも大晦日に、私はこの一つ上手の淵で五六十も立てつゞけにあげたことがある」

突立つた三角の捨石の上を、あちらへ行つたりこちらへ行つたりしながら、脇本氏は一體どんな鈎がよいのでせうかと言ふ三吉の質問に答へはじめた。

「なんと言つても、この川の、殊に最下流には淡彩ぼかしのものが適する筈です」

南方地方の、しかも相當大きいこの川にあつては、光線が隈なく川底に行きわたつてゐる。流れの幅は十間以上もあり深さは二尋にも餘る。底石は綺麗に洗はれ、青味がかつてゐる。山間部のやうに色彩の鮮明なものや、派手なものが適する筈はない。

「中でも若鮎によかつた鈎は是非もう一度落鮎にも試してみることが必要です」

解禁時には三吉はこの場所で、黒茶二重底のもので當てた事がある。鼠ぼかしのもので大喰ひさせた事もある。それらのものを取り出すと、三吉の心はなんとなしに彈む。今にも五六寸もある奴が次々に喰ひついてくるやうな氣持がする。

「と言つて、全然反對色のものに急にとびついてくることもあるから、所詮相手は生きもの、油斷出來ませんが」

「たゞかう云ふ風に迷ひ出したらキリがないから、ある程度の適中鈎を發見したら、確信を持つことが必要です。この鈎には必ず喰ひつくと言ふ信念を持つて、竿先をあげねばならない。恰も地球の中心から魚を引きぬくやうな心持で……」

踵を中心に半圓形に身體を廻轉しては、道具を上手へ導き、錘子の底に着くか着かぬかを待つて、心持流れに任せながら竿先をあげる動作をくりかへしながら、說いて聞かす脇本氏の毛鈎釣り解說は既に以前に一度耳にしたことがある。さうでないにしても、幾度の經驗で三吉自身に會得してしまつてゐるものだ。が今それを他人の口から改めて聞くことは、何かしら新しい勇氣を起こさせた。殊に彼の曾て試みた同じ場所で、同じことを不動の確信を以てやつてゐる人を見ることは。結局やつぱり同じことで、一向に魚のあたりに會ひさうな氣配が見えないにしても。

「貴方はどうして引つかけをやらんのですか？」

しばらくしてから、ふと思ひつき、三吉は訊いてみた。

「漁獲から言ふとはるかに多いやうですが」

すると、

「何？　引つかけ？」

脇本氏は突然激しい調子で、殆ど竿動かす手を止めてふりかへつた。

「あんなもの、どこが面白いのですか？」

體格の嚴丈な、溫厚そのもののやうなこの人に、全く豫期出來なかつた出來事であつた。あれは決して釣魚ではない。そこには聊かの趣味も技巧もない。魚の本性を無視して行ふ人間の暴力沙汰だ。そのために每年阻害される魚の數は夥しい。本來ならば、聊かの除外區域もなく、禁止さるべきものだ。

「大體あんなものを許可するから、魚がこの通り、喰氣を失ふのですよ。すつかり怯氣づき、あつちへ走り、こつちへ走りばかりしてゐるのですよ」

なるほどさう言はれゝば、どれほど靜かに道具を持つて行つても、すぐに氣附き、今まで無數に眼前にうねりくねつてゐたのが影も形もなくなつてしまふ。それは三吉自身も以前から氣づいてゐたことだ。

「その上、一旦あんなことをはじめると、釣手自身の心が落ちつかなくなり、手つきが荒つぽくなり、もはや毛鉤釣りなど出來なくなりますよ」

もう這々の體で、いつもの場所まで逃げかへつてくる外はなかつた。が更にこの日、この鮒釣りの場所に於ても、今まで默つてゐたチャン／＼コの老人からの突然の敵意に出會はねばならなかつた。

まるで三吉の來るのを待ちかまへてゐたやうに、

「兄さん、あんたらあんな毛鉤づり見たいなもの、ようやるの！」

とはじめ出した。あんなたよりないもの、味も香もないもの、たゞ色だけの工夫によるもの、そんな人工的な試みの大した成功を齎らす筈はない。いづれ子鮎の間だけのだまし釣りに過ぎぬ。その上、絕えず岩の上をあちこち走らねばならん。重い竿をあげたりさげたり、拔いたり差したりしつゞけねばならん。まるで身體の休まる暇がない。

最初の內は三吉は老人の眞意を解しかね、まぢ／＼その顏を見返してゐた。この老人の顏は見るから不愛想に出來てゐる。吊りあがつた眉、棘々しい眼の光り、突出した口元、そして一度口を開けば、相手に向つて喧嘩を賣ることか、他人の惡口を並べることより知らぬ。

がその內に急に話の內容は一變した。

「それから見ると、鮒釣りほど樂で、おまけに趣味のあるものはない！」

釣りと言ふものは何と言つても生餌釣りが本當や、ピク／＼動いてゐる、見るからに美味さうな奴をつきつけるのやから、それに撒餌、この撒餌を使はない場合は釣りの興味が半減する。最初の內にうんと撒きこんでおけば、それから後はひとところへ坐りこんで、終日煙草を燻らせてゐればよい。

そこで漸く三吉は老人の話が必ずしも惡意からでないことを感じ出した。やはり一年中鮒つりばかりやつてゐる孤獨からくるものであらう。むしろ近頃鮒つりに轉向してゐる三吉の中に同じ釣狂仲間を發見し、親愛の情を現さうとしてゐるのでなからうか？

「その上、あの鮒の浮木の動かし方ときたら、とてもこたえられん！」

たとへ魚信があつても急いであげる必要はない。チリ〳〵動かしてすぐ止めるのは鯰じやこか何かで、取るに足らぬ。鮒であるなら、今まで寢てゐた浮木（いつも底を這つてゐる鮒に對しては、十分浮木を長く、寢浮木にしておくことが必要だ）をがくりと立て、ずぶりと引込む。そしてそれが大きな鮒であるなら、一旦引きこんだ浮木を又ぽかりと浮かしてくる。これが他の魚の場合だと、既に手遲れになつてしまつた證據だ。が鮒の場合だと、それから合はしても十分だ。忽ち竿を弓形に曲げるやうな手應へが手元に感じられてくる。

老人は竿尻を石の間へ突つこんだまゝ、この何百年何千年來變りのない漁法を說いて止まなかつた。何時間待つても少しも變化のない浮木を見つめたまゝ、不思議に冷いエクスターシーの境地に入つてゐた。

それを聞きながら、三吉は考へないでゐられなかつた。先刻の脇本氏と謂ひ、今のこの老人と謂ひ、世間の人の熱狂するすべてのことを白眼視し、頑强に自己の領分を守りつゞけるのは、一體どう云ふところから來るのであらうか？　何が故にこんなにまで口をきわめて他人の悪口を並べねばならんのであらうか？　このA川をめぐつて每日を送る釣狂は、まことに三吉一人だけではない。そして更に思ひを致すのであつた。これらの人々にも、或ひはそれ〳〵それから逃げつゝある何かがあるのでなからうか？　それを思ひ出しただけでも、魚釣りに走らなければならない何かがあるのでなからうか？　三吉に於けるやうな詩や思想の問題でないにしても。

時々四五日おきに、寒風がピュー〳〵吹きつゞけ、吹き止まぬ期間がつゞく。かう云ふ日にはさすがの三吉も、たゞ土手を歩きまはることによつて、辛うじていきり立つ心を慰める。

上空には絶えず大きな雲のかたまりが物凄い勢ひで、北西から南東へ飛びつゞけてゐる。土手の草は狐色一色になり、ところ〴〵に枯れた薄の穂や茨の小枝を鳥毛立てゝゐる。時々何丈もの高さの土煙りが吹きおこり、道行く人々の面を塞ぐ。しばらく人々は頭を下げ、息を呑んで、通りすぎてしまふのを待つ外はない。

そこから見える川底は恐しく淺くなり、中洲が細く長く突出してゐる。水は澄みきり、一番深い淵の底の小石まで見すかされる。そして一時あれほど澤山浮んでゐた鮒さへ岩の間へはいりこみ、一尾も姿を見せてゐない。

從つて淵から淵へ歩きまはりながら、今の三吉に出來ることは、たゞ曾ての追憶を樂しむことでしかない。あゝあの淵では、濁りのときに二尺に近い鯰に喰ひつかれ、弱つたことがある。この淵では一番遲くまで毛鈎で釣れた。しかも三吉一人だけの持つてゐる特別な荒卷きの鈎が當つた……

そして以前から氣付いてゐた川の年齢と言ふことを、改めて考へずにゐられなかつた。もしもそれが一般に一年だけの老ひであるならば、何も嘆く必要はない。やがて來るべき春とともに、滿ちあふれる漁獲が豫想される。が川には年々その上に重ねられて行く、更新されることの出來ぬ老ひもあるのでなからうか?

ぶら〳〵歩きまはりながら、三吉は水路に於ける曲折や高低が少くなつてゐるのを見た。三吉の知りはじめたこの一年間にも目立つてまつすぐ前方へ流れ、あつちへ突きあたりこつちへ突きあたりするジグザクの度を減じ、瀨の部分が多く淵の部分が少くなつてゐる。これは勿論この數年間に於ける護岸工事の完成と、川口に於けるたゆみない浚渫作業の繼續によるものに外ならない。その結果、今日に於てはもはや堤の決潰や河水の氾濫の心配はなくなつてゐる。しかもそれとにともに、それの持つ自然の風致と魚の棲處を失ふに到つてゐる。

たとへばこれは人々の話を綜合して分つたことだが、この二三年來この川の下流地方に鯉場と言ふものがなくなつた。鯉はたま／＼落ちても、すぐ川口まで流され、潮に浮いてしまふ。又鮎の立つ瀬にしても、前々年までは、横手より下流に二箇所もあつた。が今日では潮が横手まで浸してくるため、それより下手に無い。更に一般に諸方の淵が小さく淺くなろと、この川も次第に毛鈎づりに適さなくなるのでなからうか？ 曾て北部のK川の陥つた運命のやうに荒瀬ばかり多くなり、もはや友がけ又は網漁によらねばならなくなるのでなからうか？ これは來るべき季節に於ても又毛鈎づりを主にやらうと意氣ごんでゐる三吉にとつて、まことに一大事と言ふべきであつた。

同じ場所ばかり歩くことに倦き、時にはM橋を渡り、向ふ岸を川口へ向つて行つた。八九月小物づりの季節に、炎天の下、汗水たらし通ひつゞけた道であつた。今年の小物や鯊の漁獲はどうであらうか？

引きこまれた筏の向ふ側や、葦笹の間を見てまはつた。すると、バッタリ土手の上をこちらへ寒風に乗つて自轉車を飛ばせてくる鯊つりの男に出會つた。思はず顔見合はせて苦笑した。

「かうにしがつゞくと、お互に毎日仕様に困りますね」

「わしもかうやつて、三日に一度ひとまはりして來んと、氣が治まらんので」

今年の鯊の豫想はどうかと訊くと、いやだん／＼あきまへんと言つた。秋の大雨が惡かつたのでせうと訊くと、それもあるが、年々M町の工場が建てまされ、廢液の放出されるのに何より弱ると言つた。これでは年々魚が少くなる一方だとも言つた。

「それでも時期が來たら、又毎日通ふことでせうね」

「いや全く、自分で自分が抑へきれなくなるのやから」

「實際……」

男はちよつと目元で笑つてから、言葉を途切らせるやうにした。

「この樂しみを貴方に敎へたことを、今になつてつく〴〵私は後悔してゐるのですよ」

「どうしてです？」

突嗟に三吉は反問せずにゐられなかつた。すると――

「貴方があまり熱心になつて、今では師匠の私が顏負けの狀態なので」

しばらく二人は川緣へ腰をおろし、もうそこからは遠くない、白い波頭の寄せ續けてゐる川口のあたりを眺めてゐた。今日も氣象特報が出てゐるのであらう。沖にはいつも通る近海航路の船が見えない。まして漁船など一隻も出てゐない。

いつの間にか、二人の話は近鄕近在の釣狂仲間の噂話に移つて行つた。一般にこの土地の人々がさま〴〵な道樂をした揚句、老年に近づいて釣道樂に落ちつくと言ふ話。家業も何もほつたらかしにするから、家內の女達は皆あまりこれを好まぬと言ふ話。それとともに、ある賢い一人の女房のこと、その女は反對に、酒飮み女狂ひで、箸にも棒にもかゝらぬ亭主に釣りをすゝめ、漸く暴れられたり、浪費されたりすることから免れたと言ふこと……

「とにかく一旦これにはまりこんだら、生涯拔けられません。私などこの土地へやつてきて、十年の月日は夢の中に過ぎてしまひました」

「しかし人々にはそれ〴〵何か原因があるのでないですか？　釣魚に逃げなければならないやうな……」

三吉は脇本氏や鮒つりの老人の例を話して見た。すると、この二人のことは男も知つてゐた。脇本氏は古い大學出で、今時分小驛の驛長などしてゐる人でないのだが、驛にゐたころ何かの原因でしくぢり、現在のところへ廻されたのだと聞いたことがある。鮒つりの老人はこの町で誰知らぬ者もない名物男で、數年前友人の借金にたゞの好意から承印して、全財産を抑へられてしまつた。何年間も裁判にかけたが、結局負けた。それ以來すつかり人が變り、近所との附合もせず、釣魚ばかりに明け暮れてゐる……

「尤も他人のことばかり言つてゐられません」

少し調子を落として、男は自分の身の上についても話し出した。大阪の某大工場で働いてゐたが、腎臓病を發し、醫者から命數を宣告された。少しばかりの退職金を資本に、妻君の故郷であるこの町で小店を開き、自分は魚つりによつていくらかでも生きながらへてゐることを考へついた。その結果、身體はいくらか丈夫になつたが、他方商賣の方は相手が田舎者だと多寡をくゝり、キチン〳〵催促しなかつたのが原因で、貸倒れが多く、もはや二進も三進も動かぬ狀態になつてゐると云ふ。

―（完）―